KB206960

그 여름의 망고

이마리(정환) 아동청소년 작가

영어영문학을 전공했다. 학생들을 가르치며 12권의 장편소설과 동화를 번역했으며 다양하고 현장감 있는 작품을 쓰기 위해 노력해 왔다. 2013년 한우리문학상, 목포신인문학상, 부산가톨릭문학상 등을 수상했다.

2015년 '아르코국제교류단문학인'으로 선정되면서 본격적으로 장편소설을 쓰기 시작했다. 청소년 역사소설로 『대장간 소녀와 수상한 추격자들』, 『동학소년과 녹두꽃』, 『소년 독립군과 한글학교』, 『한국전쟁과 소녀의 눈물』 등이 있고 동화 『빨강 양말과 패셔니스타』, 동인 에세이 『시드니 할매's 데카메론』도 출간했다. 특히 『버니입 호주 원정대』, 『구다이 코돌이』, 『코나의 여름』, 『캥거루 소녀』는 세종도서 문학나눔에 선정되었다.

오늘도 하와이, 호주 오지를 넘나들며 역사를 생각하고, 어린이와 청소년이 차별 없는 사회에서 행복하기를 염원하며 작품활동을 하고 있다.

그 여름의 망고

초판 1쇄 발행 2025년 5월 30일

지은이 이마리

펴낸이 김선기

펴낸곳 (주)푸른길

출판등록 1996년 4월 12일 제16-1292호

주소 (08377) 서울시 구로구 디지털로 33길 48 대륭포스트타워 7차 1008호

전화 02-523-2907, 6942-9570~2

팩스 02-523-2951

이메일 purungilbook@naver.com

홈페이지 www.purungil.com

ISBN 979-11-7267-047-4 43810

그 여름의 망고

이마리 장편소설

푸른길
청소년 문학
001

푸른길

프롤로그

아들아,

무더운 여름을 어떻게 지내고 있니? 한여름의 뜨거운 태양 빛 아래로 망고와 파인애플 단내가 무르익고 다양한 인종이 모여 서로에게 조금씩 스며드는 멜팅팟 하와이! 아빠는 네 나이에 그곳에서 신문 배달을 해 봤단다. 이제 사라져 박물관에나 갈 그런 직업이 되었지만, 잊을 수 없는 그 아르바이트 이야기를 꼭 우리 아들에게 들려주고 싶구나.

신문 배달 중 성탄이 다가올 무렵의 일이 제일 기억에 남는다. 이른 새벽부터 선물을 든 사람들이 집 앞에 나와 신문이 아닌, 우리 배달부를 기다리곤 했지. 배달 학생들에게 감사의 표시로 쿠키 상자, 초콜릿, 그리고 용돈을 넣은 성탄 카드를 주었어. 성탄이 지나고 새해가 다가오는데도 나는 그 쿠키를 먹을 수도, 그 돈을 쓸 수도 없었어. 너무 기쁘고 신나서 맘이 설렜거든. 네 할머니가 지금도 소중히 아끼시는 빨간 체크무늬 식탁보 기억하지? 성탄 무렵에 받은 용돈으로 사 드린 거란다. 그렇게 첫 선물을 사

드렸을 때 느꼈던, 어른이 된 것 같은 자랑스러운 기분을 아들은 이해할까? 늦잠을 자고, 게임을 계속하고, 옆길로 새고 싶을 때마다 그때를 생각하며 게으름과 나약한 생각들을 털어 버리고 앞으로 나아갈 수 있었지. '알로하!'라는 행복을 전해 주는 인사말과 그들의 환한 미소가 항상 나를 따라다녔어. 게다가 한국으로 돌아온 후에 성탄 때마다 네 할머니는 쿠키와 빵을 산더미처럼 구우시는 거야. 자원봉사자들과 함께 도움이 필요한 이웃에게 그것을 전달하며 나는 이른바 '산타 학생'이 될 수 있었지.

그리고 지금도 가슴 벅차게 만드는 하와이에서의 추억들. 수단 아이 아티프, 폴리네시안 코아, 일본 아이 아키라, 하올리 해리 그리고 까만 단발머리 하나와 내가 '보드 6인방'이 되어 와이키키 해변을 따라 하와이를 누비면, 천 개의 바람이 반짝이는 물비늘 되어 가슴속으로 쏟아져 들어왔어. 그러면서 목소리가 걸걸해지고, 내 얼굴이 자신에게 낯설어지고, 인생이 허무해지기 시작하던 그 여름, 한 아이가 내 맘속으로 스르륵 다가왔어. 바람처럼 가볍게, 하지만 마음속에 오래 남는 향기로.

하와이 바다는 해 질 무렵이면 노을빛이 여름 망고처럼 익어 가고, 파도가 부드럽게 속삭인단다. 기억할게~라고. 그 바다에 남겨 둔 아빠의 여름 이야기를 이제 시작해 볼게.

그 여름의 망고

첫 친구

손에 쥔 풋망고를 내려다보았다. 초록빛 망고의 표면엔 보송한 솜털이 아른거렸다. 손끝으로 쓰다듬으니 막 알을 깨고 나온 햇병아리 깃털처럼 촉촉했다. 털이 보얗게 밀려, 한 입 베어 물어 보려다 멈칫했다. 풋망고는 그냥 먹는 게 아니라 시간을 들여 천천히 익혀 먹어야 달콤하다고 엄마가 말했었다.

"망고도 기다려야 맛있어지는 거야."

그 말이 이상하게 머릿속에 맴돌았다. 그러다 문득 부엌에서 들려오는 엄마, 아빠의 목소리에 귀를 기울였다.

"하와이? 진짜 발령이 난 거야?"

"빙고! 한 달 후 출발이다."

엄마가 아빠를 덥석 껴안는 것 같았다.

"와, 드디어 해냈네. 우리 능력남!"

"헉!"

나는 엄마 아빠가 키스하는 걸 못 본 척했다. 순간 내 손에서 망고가 미끄러질 뻔했다. 하와이. 망고가 나는 곳. 아직 맛보지 못한 과일처럼 낯설고 두렵지만, 왠지 달콤할 것 같아 마음 설레는 곳.

망고를 꼭 쥐고 창밖을 바라보았다. 저 바다 너머, 남쪽 어딘가에 있는 섬을 그려 본다. 그곳에서 만나게 될 새로운 여름, 그리고 아직 익지 않은 풋풋한 그리움 같은 그곳을.

그날 아빠 회사에서 드디어 미국으로 발령이 떨어졌다. 무려 1년 동안이나 기다린 날이었다. 아빠는 텍사스 6개월과 하와이 1년의 기회를 얻었다며 좋아했다. 엄마도 신이 났다. 내가 까먹었던 영어를 완전히 정복할 기회라며 나보다 더 신나 했다.

'쳇, 한국을 떠나다니 이제 중학생인데. 공부를 잘 쫓아갈 수 있을까?'

사실 나는 아빠의 유학길을 따라 아기 때부터 7살까지 하와이에 살았었다. 그 후 한국에 돌아와 살며 겨우 한국식 공부에 적응하나 싶었는데 아빠의 해외 발령이 난 것이다.

"애들은 어학연수 하러 미국에 가려고 난리들인데 우리 조는 운도 좋네."

나는 학원 해방의 기쁨도 잠시 은근히 걱정이 앞섰다.

"쳇, 내가 동네북인가 뭐. 이리저리 끌고 다니게."

엄마가 놀란 듯했다.

"아니 재 좀 봐. 얼마나 좋은 기횐데. 외국에 교환학생 가려고 난리들이잖아. 그럼 넌 안 가도 돼."

"그, 그게 아니라."

"봐라. 엄마 말이 맞지."

엄마는 내 의견 같은 건 묻지도 않았다.

"한국 공부는 한국에 돌아오면 얼마든지 쫓아갈 수 있어. 영어만 잘 배워서 돌아오면 돼. 너라면 둘 다 잘 해낼 수 있을 거야."

이런 엄마의 자신감 때문에 나는 항상 손해를 보았다. 엄마는 너무 아들을 믿었다. 너는 잘할 수 있다는 말이 거머리처럼 항상 나를 따라다녔다. 1학년 때부터 잘했으므로 나는 당연히 그냥 뭐든 잘하는 척했다. 그러나 학년이 올라갈수록 공부하는 게 힘이 들었다. 덩치답지 않게 겁이 많아 속이 타들어 가는데도 과장하기 좋아하는 엄마 앞에선 항상 멋지고 씩씩한 아들로 행동했다.

친한 친구들은 내 별명인 '블랙 조'를 들먹거리며 진짜 미국 가냐며 서운해했다. 한술 더 떠 '하와이안 블랙 조'로 업그레이드시켰다. 하와이 살다 온 흑조(검은 새)라는 별명은 내 피부색이 초가을 알밤처럼 반지르르한 다갈색이어서다.

“야, 가려거든 미련 없이 냉큼 사라져라!”

“하이, 블랙 조! 이제 가면 언제 오나. 학원 없는 세상에서 왕 좋겠네.”

나는 은근히 걱정되었다. 겨우 한국 친구를 사귀었는데 미국에서 새 친구를 사귀고 영어로 공부해야 한다. 그러나 그런 이야기를 입 밖으로 낼 수는 없었다. 엄마의 극성으로 영어 말하기 대회에서 입상한 블랙 조를 엄마는 너무 굳게 믿었다. 얼마나 극성이 심했는지 대회에 온 엄마들이 우리 엄마가 영어 선생님인 줄 알았었다. 아빠 역시 떠날 준비로 정신이 없었기에 내 걱정은 아랑곳하지 않는 것 같았다.

이렇게 해서 텍사스에서 미국 생활이 시작되었다. 텍사스의 체류기간이 짧기도 했지만, 그곳에서의 생활은 모든 게 힘들었다. 선생님이 한국 이름 조반석을 ‘반석 조’라고 미국식으로 제대로 불러 주었다는 것 외에는.

인종차별이 심하기로 유명한 미국 남부 주 가운데 하나가 텍사스다. 이곳에서는 웃기게도 블랙 조라는 단어를 입 밖으로 내는 게 금기였다. 아빠는 블랙 조라는 내 별명을 들먹거리며 말하곤 했다. 그것도 방안퉁수처럼 집에서만.

“반석아, 여기서는 피부색이나 인종에 대해 언급하면 문제될 수도 있다. 그러니 블랙 조라는 말을 입 밖에 내서는 안 돼.”

그런 말들은 적어도 겉으로는 지켜지는 듯했으나, 속을 뒤집어 보면 사실은 그 반대가 허다했다. 동양인이 귀한 곳에서 관심을 받는 일이 온종일 부담스러웠다. 다행히 내 덩치 때문에 누가 섣불리 건들지는 않았지만 그리 맘 편한 것만은 아니었다.

텍사스가 힘들었던 것은 40도가 넘는 땡볕에 걸어서 집에 와야 할 때였다. 얼굴이 벌겋게 익고 입이 바싹 말랐다. 땀을 다 빼내서 쓰러질 것만 같았다. 나는 화가 치밀고 왕짜증이 났다. 엄마가 얼음물을 준비해 놓고 고개를 빼고 나를 기다렸지만, 집에 차가 한 대뿐이어서 등교는 아빠 차로 해도 오후에는 아빠가 픽업할 수 없었다. 그곳은 스쿨버스 같은 것도 공공 교통도 없었다. 조그만 대학촌이어서 엄마 아빠가 픽업해 주어야만 하는 작은 마을이었다. 나중에 엄마가 운전면허를 취득해 아빠와 나를 번갈아 픽업하게 되면서 그 고생은 막을 내리긴 했다.

한번은 우리 가족이 뉴욕으로 여행가는 길에 주유소에 들렀다. 텍사스 할아버지가 다가오더니 어디로 가냐고 물었다. 나는 어깨에 힘을 주고 동서 횡단 여행인데 뉴욕으로 가는 거라고 했다. 영어도 좀 익숙해져 가는 게 자랑스러워 으스대고 싶었다. 정작, 할아버지의 응답은 "돈 고 투 배드 양키스!"였다.

"인정머리라고는 쥐꼬리만큼도 없는 영감이네!"라며 엄마가 투덜거렸다. 아빠도 맥이 빠져 우리에게 그만 떠나자고 눈짓을 했다.

반년에 걸쳐 아빠가 짰던 우리 가족의 대장정이었다. 미국 남쪽 끄트머리 텍사스에서 미국 북쪽 꼭대기까지 왕복 한 달을 위해 우리 가족은 짠돌이처럼 돈을 아꼈다. 외식 무조건 금지, 장난감은 중고, 멍멍이 사육도 금지. 온 가족이 긴축 재정에 동참했다.

"칫, 나쁜 양키에게 가지 말라는 게 무슨 소리예요?"

"남북이 서로 못 잡아먹어서 하는 수작이지."

"그 정도로 싫어해요?"

남부 노인들은 북부 양키스(북부 미국인을 얕잡아 부르는 말. 남북전쟁 때 남군이 북군을 조롱하여 이르던 말에서 유래)를 매우 싫어했다. 미국도 남북전쟁의 후유증이 여태 계속되는 것 같아 한심했다. 한국이 현재 남북으로 나뉜 것보다는 덜하겠지만 미국도 남북이 사이가 만만치 않은 것 같았다. 남북전쟁이 끝난 지 150여 년이 지났는데도 말이다. 그러자 초등학교 때 '톰 아저씨의 오두막'을 읽으며 아프리카 흑인 노예들이 겪는 참상에 분개했던 기억이 떠올랐다.

텍사스에서의 6개월이 그렇게 힘들게 지나가고, 우리는 하와이로 이사를 했다. 미국행 6개월 만에 찜통 더위 텍사스 탈출에 성공! 아빠는 "젊은 시절 나를 키웠던 제2의 고향 하와이가 진짜 고향 같다."라며 신나 했다.

하와이 도착 후 등교 첫날이었다. 아이들을 둘러보니 앗싸! 하얀 백인이 가뭄에 콩 나듯 귀했다.

"야호! 나처럼 구릿빛 아이들이 대부분이다!"

나도 모르게 맘이 편해서 말이 튀어 나왔다. 마치 고향에 온 기분이었다. 영어로 나를 소개하는 데 전혀 겁나지 않았다. 6개월 동안 까만 머리 귀한 동네에서 영어로 부대낀 걸 생각하면, 하와이는 천국이었다. 이제야 하는 말인데라며 아빠도 텍사스에서 인종차별적인 말을 들었다고 고백했다. 그 말을 하면 아들이 덩달아 주눅 들까 봐 아들에게 숨겼던 거다. 몽땅 갈색 얼굴인 애들을 친구인 듯 둘러봤다.

"내 이름은 반석 조. 조가 애칭이야. '블랙 조'도 오케이."

나도 모르게 블랙이라는 말이 튀어나왔다. 누군가가 '올드 블랙 조'를 휘파람으로 불기 시작했고, 단번에 훌라 춤판이 벌어졌다. 덩달아 경쾌하고 늘쩍지근한 '블루 하와이'가 이어졌다. 여자애들은 "블랙 조!"라며 전학생을 은근슬쩍 탐색하는 눈치였다.

그날 아티프랑 짝이 되었다. 우리 둘 다 키다리인 데다 군밤 같은 얼굴색, 듬성듬성 난 콧수염이 막상막하였다. 내가 세기의 권투선수 알리 몸집이라면, 아티프는 미국 아니 전 세계를 주름잡는 농구선수 마이클 조던의 키를 빼다 박은 듯했다. 당연히 교실 맨 뒷자리는 덩치와 꺽다리의 차지였다.

"한국에서도 키 큰 죄로 한 번도 여자 짝이 없었는데 쩝쩝, 왕짜증!"

한국말에 아티프가 눈을 껌벅였다.

"아 아니야. 너랑 함께 앉으니 좋다고!"

한국말을 계속해도 아티프는 빙그레 웃기만 했다. 이번에는 영어로 말했다.

"네가 좋아질 것 같다!"

순해 보이는 쌍꺼풀눈이 잠깐 미소 지었다. 그러나 곧 겁먹은 듯 커다란 눈동자가 슬퍼 보였다. 만난 첫날인데도 집에 오며 많은 이야기를 나누었다. 우리는 우연히도 같은 아파트였다. 아티프는 3년 전에 아프리카 수단에서 미국으로 입양되었다고 했다. 처음으로 나에게 그걸 말해 준다며 부끄러워했다. 나는 첫날부터 그의 믿음직한 친구가 된 것 같아 기분이 엄청 좋았다.

아티프가 살던 미국 남부는 인종차별이 심하다고, 그 애 아빠가 다문화 가족이 살기 좋은 하와이로 이사 오고 싶어 했단다. 오래전부터 기회를 엿봤는데 마침 그리스인 엄마가 하와이 대학에 강사 자리를 얻어서 이사 올 수 있었다고 했다. 아티프가 내 귀에 대고 말했다.

"양부모님이 엄청 신경 써 주셔."

"그랬구나, 아티프."

"그러니까 열심히 살아야지."

그 애의 어른스러운 대답이 내 심장에 와 박혔다. '열심히 공부해야지'라는 대답만 배워 온 나에겐 새로운 세상이 열리는 느낌이었다. 맞다, 열심히 살아야지. 세상은 넓고 다양하니까. 그 다름으로 인해 앞으로의 세상은 우리가 할 일이 많아질 게 분명했다. 까맣지만 샛별처럼 반짝이는 아티프의 눈동자가 그걸 말해 주었다. 가만히 그의 어깨를 잡았다.

"미국에 와 힘들었겠다."

"응, 수단에 있는 엄마, 아빠 그리고 동생들을 잊을 수 없었어. 엄마 아빠랑 뙤약볕에서 온종일 커피를 따던 커피 농장, 맨발로 축구 경기를 하며 뛰던 붉은 황토밭, 맑은 물을 얻으러 동이를 지고 발이 부르터라 걸었던 길들. 먹을 것이 부족해도 그곳이 더 좋았어. 가족과 함께였으니까."

"오, 잘 돼서 어서 가족들을 만나러 가야 할 텐데."

아티프의 쌍꺼풀진 눈이 결심한 듯 반짝였다. 나는 일부러 크게 외쳤다.

"아티프! 우리 저 아래서 만나는 거다! 레디~ 셋~ 고~!"

우리는 스케이트보드를 타고 뜨거운 태양 속으로 미끄러져 들어갔다. 와이키키 해변이 달리고 파랗고 하얀 물비늘이 밀려간다. 무더운 열기가 땀방울과 얽혀 아티프의 티셔츠를 적셨다. 그 애는 보드에서 뛰어내리며 티셔츠를 벗고 바다로 첨벙 뛰어들었다. 해안을 따라 수영하는 그와 함께 나는 숨 막히는 더위 속을 보드로 달린다.

나의 걱정거리는 아티프에 비하면 티끌처럼 작았다. 학업이 오로지 내 삶의 전부였던 게 미안하고 부끄러워 쥐구멍으로 숨고 싶었다. 내 속에 허공을 떠도는 듯한 불안함, 근거 없는 자신감, 열정과 허무가 공존하는 이유를 조금은 알 것도 같았다. 나는 자유의 바람을 들이킨다.

"아티프, 내 첫 친구가 되어 줘서 고마워."

단발머리

오늘도 아티프와 나는 스케이트보드를 탄다. 속살거리는 파란 하늘과 짙푸른 야자수 아래를 미끄러져 내리면 땅집들이 보인다. 이 작은 동네를 계속 오르내리며 하와이 바람에 온몸을 던진다. 태평양을 건너온 무역풍은 달고도 청량하다. 와이키키 해변에 부서지는 파도는 맑고도 비릿하다. 갓 잡아 올린 생선처럼 팔딱거린다. 반대편 숲에서는 초록 망고 익어 가는 풋 냄새가 새콤하다. 온갖 생명이 뒤섞인 하와이 냄새에 우리는 술 취한 사람처럼 달아오른다. 보드를 타고 해변 끝, 아니 지구 끝까지 날고 싶다.

"알로하, 하와이!"

한 달이나 엄마에게 사정해 겨우 마련한 보드다. 나중에 아르바이트해 돈 벌면 갚아주겠다고 손도장까지 찍으면서 약속했었다. 그러니 보드를 잠시라도 놀린다는 건 바보짓이다.

한국에서는 친구들이 가진 건 행여나 질세라 다 사 주었으며, 심지어는 먼저 사 주기도 한 엄마였다. 친구들에게 기죽을까 봐 내가 원하던 유럽의 유명한 축구 선수 티셔츠며 신상품 나이키 운동화까지도. 그런데 미국에 오니 엄마가 변했다. 로마에서는 로마법을 따라야 한다며 짠순이가 되더니 점점 까칠해졌다. 이곳 미국 아이들이 얼마나 열심히 자기 용돈을 버는지 보라고 했다. 동네 아이들은 방과 후 아기 돌봄이, 잔디 깎기, 캔 모아 팔기로 용돈을 벌었다. 카페에서 일하는 것이 소망이지만 고등학생이 되어야 할 수 있는 일이다. 이들은 용돈을 부모에게 전적으로 의존하는 한국 학생들과 달랐다. 학원만 안 가면 성이라도 바꾸겠다는 한국 친구들이 생각난다. 자유로운 미국 아이들이 멋있기도 하면서 부러워 약이 오르기도 한다. 학원에 투자할 시간에 하고 싶은 아르바이트한다는 자유로움, 게다가 돈까지 버니 녀석들, 분명 꿩 먹고 알 먹는 거다.

보드가 신나게 미끄러져 가는데 멀리서 여자애가 보였다. 앗, 멈춰야 해, 멈춰야 해. 그러나 내 보드는 총알 같은 속도로 미끄러져 내려갔다.

"야, 비켜! 위험해!"

속도를 이기지 못한 보드가 사정없이 추락하고 말았다.

"안 돼! 어, 비켜!"

이미 때는 늦었다. 여자애가 피하지 못해 비틀거리는 순간, 내 보드가 여자애 보드를 치고 풀밭에 처박혔다. 팔목이 시큰거리고 엉덩이가 부스러지듯 아팠다. 손바닥에서 비릿한 피 냄새가 풍겼다. 고개를 들었다. 길바닥에 여자애가 구부린 채 쓰러져 있었다. 영락없이 친구들에게서 외톨이가 된 왕쇠똥구리 같았다. 오, 내가 사람을 치다니! 웅크린 여자애는 꼼짝도 하지 않았다.

두려움이 엄습해 왔다. 나는 벌떡 일어서려다 주저앉고 말았다. 허리와 엉덩이가 끊어질 듯 아팠다. 그 애 쪽으로 엉금엉금 기어가기 시작했다. 무릎을 얼싸안은 쇠똥구리 어깨가 파도쳤다. 얼른 옆으로 기어가 손을 내밀었다.

"괜찮아?"

그 애는 내 손을 뿌리쳤다. 무릎을 얼싸안은 채 일어서려다 다시 꼬꾸라졌다. 까만 단발머리가 자르르 무릎으로 쏟아지자, 우윳빛 목덜미가 눈부셨다. 머쓱한 나머지 나는 벌떡 일어섰다.

단발머리가 고개를 들자 하얀 무릎에 눈물방울이 툭툭 떨어졌다. 그것이 피와 섞여 지도를 그렸다. 내가 소리쳤다.

"아티프, 빨리 집에 가서 약 좀!"

눈이 휘둥그레진 아티프가 집으로 뛰어가고, 여자애는 주먹으로 눈물을 닦았다. 나는 어쩔 줄 모르고 주위를 얼쩡거렸다.

그 애의 새까만 눈동자에 홍건한 눈물이 그렁거렸다. 눈이 포도알 같다고 생각한 순간, 카랑카랑한 목소리가 튀어나왔다.

"운전도 못 하는 게 차는 왜 끌고 나왔니?"

"차? 아 그렇지. 미안해."

말귀를 겨우 이해한 나는 머리를 긁적였다.

"너 반석 조, 맞지?"

"나, 나를 알아? 난……."

"됐고."

내가 답을 하기도 전에 아티프가 숨을 헐떡이며 달려왔다. 그는 무릎을 세운 채 단발머리 무릎의 피를 닦고 연고를 발랐다. 자기가 무슨 중세 기사라도 된 듯 심각한 자세였다. 단발머리는 무릎을 맡긴 채 살포시 눈을 감았다. 아티프가 상처에 밴드를 붙이려는 순간, 나는 얼른 밴드를 빼앗았다.

"내가 붙여 주고 싶어."

나는 단발머리 앞쪽으로 바짝 다가섰다. 그 아이에게선 초록 사과 냄새가 풍겨 왔다. 난 가슴이 쿵쾅거려 들킬 것만 같아서 잠깐 숨을 참았다. 한 입 베어 물면 입안 가득 번지는 새콤하고 떫은 초록 사과 맛. 할머니 집 사과밭에서 초여름이면 따던 사과 냄새다. 한 번 더 그 냄새를 맡고 싶었는데 순간 그 애가 돌아앉고 말았다.

"싫다. 생뚱맞기는."

나는 한숨을 내쉬었다. 그 아이에게 더 가까이 갈 수 없었다. 이제 사과 냄새도 나지 않았다.

"싫다고! 이게 완전 병 주고 약 주네."

나를 두고 하는 말이 분명했다. 나는 갑자기 기가 꺾였다. 내가 일부러 그런 것도 아닌데 그렇게까지 내 호의를 거절하는 게 속상했다. 그래도 계속 그 애와 친해지고 싶다는 생각이 솟구쳤다. 아티프는 아는지 모르는지 큰 눈을 끔벅이며 밴드를 붙였다. 밴드 사이로 까만 그의 손놀림이 느린 화면처럼 움직였다. 단발머리가 아티프를 바라보았다.

"아티프, 고마워."

꿀 바른 것 같은 그 애 목소리다. 나는 아티프가 부러워 샘이 났다. 멋쩍어 발끝으로 풀밭만 콕콕 찍어 댔다. 그 애의 하얀 목덜미가 유난히 도드라져 보였다. 아티프의 이름까지 아는 걸 보니 꽤 친한 사이인 게 분명했다.

'쳇, 별로 아프지도 않은 걸 가지고 엄살쟁이.'

단발머리가 일어서자, 아티프가 대기하던 기사처럼 재빨리 보드를 집어 주었다. 여자애는 보드를 낀 채 아파트 아랫길로 걸어 내려갔다. 그 모습이 서서히 사라질 때까지 우리는 멍하니 서 있었다.

"하나야! 잘 가!"

아티프가 갑자기 소리쳤다. 이름이 하나? 그러면 한국 이름이고, 한국 아이? 그런데 단발머리는 영어를 썼다. 하기야 미국에서 영어를 쓰는 게 당연하긴 하다. 여기 사는 구릿빛 얼굴들은 모두 나보다 영어를 잘하는 것 같았다. 언제쯤에나 영어 콤플렉스에서 벗어날까. 그건 그렇고 그 애는 어떻게 내 이름을 알고 있는 걸까?

아티프에게 단발머리를 물어보려는 순간, 끼익 봉고차가 다가와 섰다. 차 문이 열리고 아저씨가 고개를 내밀었다.

"인마. 네 팔뚝에서 피가 나는데 뭐 해."

그제야 나는 팔뚝을 들어 올려보았다. 갑자기 팔꿈치가 욱신거리며 쑤셨다.

"아무리 사내라도 아픈 건 아픈 거지!"

아저씨가 대형 밴드를 던져 주었다. 그걸 받아든 아티프가 내 팔뚝을 잡아 올려서 그걸 붙였다. 나는 엄살을 부리며 소리쳤다.

"아아. 살살 좀 해라."

아티프는 팔을 더 세게 움켜쥐었다. 아니 꼬집기까지 했다.

"히히. 네가 하나 리~~냐? 살살 다루어 주게."

"아니, 요 녀석이!"

아티프는 유난히 리~ 발음을 오래 강하게 했다. 하나의 성은 Rhee라면서 혀를 또르르 굴려 발음했다.

"다른 애들은 거의 Lee던데, 하나는 Rhee란 말이야. 참 특별한 아이야."

"역시 한국 아이 아닐까. 그럼 이름이 '리하나'란 말인데."

아티프가 그게 무슨 뜻이냐고 물었다. 아차, 나도 모르게 한국말을 하고 있었다.

"미안, 미안. 하나 이름이 좀 이상하다고."

순간 까만 포도 같던 그 애 눈이 떠올랐다. 어디선가 새콤한 초록 사과 냄새가 밀려왔다. 하나에게서 났던 냄새다. 고개를 이리저리 돌렸다. 하나가 왔을지도 모른다는 생각에. 그 애에 대해 더 물어보고 싶었으나, 아티프와 친한 사이인 것 같아 그만 참기로 했다.

'너무 관심을 두면 아티프가 질투할 게 분명하거든.'

그 애는 한국 사람 같은데 왜 나를 모른 척할까. 아니다, 일본 아이일지도 모른다. 이곳에 온 지 오래되어 한국말을 못하는 교포 아이일 수도 있다. 얼굴에 한국인이라고 쓰고 다니지는 않으니까.

'나는 한국 사람만 보면 반가운데…….'

아빠가 알려 준 건, 미국에서는 한국 사람과 마주쳐도 그냥 모른 척하란 것이다. 지나친 관심은 버리라며 그것이 예의라고 했다. 그러니 하나도 그럴지 모른다. 그런 건 그냥 잊어버리자. 그러면 그럴수록 하얀 얼굴에 찰랑거리는 단발머리가 아른거렸다. 나도 몰래 얼굴이 후끈거리기까지 했다.

한국에선 딱 한 번 그런 적이 있긴 했다. 같은 유치원 친구였는데 얼굴이 동그랗고 예쁜 애였다. 사귀고 얼마 지나지 않은 어느 날, 그 애가 말없이 이사가 버렸다. 소문에 아버지가 빚을 져서 집이 경매가 뭔가에 팔렸다고 했다. 마지막 만났던 날, 그 애는 나에게 공부 열심히 하라고 했다. 그러면 우리가 대학에서 또 만날 수 있다며. 나는 무슨 엄마 같은 소리냐며 낄낄거렸었다. 그 애를 다시 볼 수 없다는 슬픔과 배신감이 꽤 오래 남아 있었다. 여자애들은 다 그런가 보다. 그때 다시는 여자 친구를 사귀지 않겠다고 결심했었다.

그런 후 나는 남자애들끼리 더 친하게 지냈다. 나와 비슷한 덩치의 큰 애들하고 장난치거나 여자애들을 골리는 게 더 재미있었다. 그러다가 선생님께 불려 간 적도 여러 번 있었고, 엄마까지 학교에 불려 오기도 했다. 엄마는 항상 신학기가 되면 "우리 애가 덩치만 크지 아직 철이 없어요. 천방지축 순진한 악동이니 잘 봐주세요."라며 엄마들에게 미리 머리를 숙이고 들어갔다. 나는 그런 엄마가 항상 불만이었다.

나는 뭐든지 궂은일이나 남 도울 일은 그냥 못 보는 성격이다. 그러나 선생님들은 그런 일엔 별로 관심이 없었다. 공부 잘하고 얌전한 학생이 선생님들의 교육 목표인 것 같아 기분이 떨떠름할 때가 많았다.

오늘 사귀고 싶은 여자애가 눈앞에 나타난 거다. 그것도 하와이에서. 까만 단발머리를 떠올리니 얼굴이 훅 달아올랐다. 조금 더 함께 있고 싶었다. 딱히 특별한 말을 하지 않아도. 아, 왜 이러는지 나도 잘 모르겠다. 뜨거워진 볼을 양손으로 부채질했다.

그때 아티프가 "야, 뭐 해?"라며 내 옆구리를 찔렀다. 그때야 퍼뜩 정신이 돌아왔다. 아티프가 싱글거리며 말했다.

"조! 저 아저씨가 우리에게 손짓하잖아?"

아티프가 달아오른 내 맘을 눈치라도 챈 걸까. 아니야, 이 녀석은 항상 싱글벙글 헤보가 아닌가. 우리 앞에 어느새 덩치 큰 아저씨가 다가왔다.

"얘들아! 치료 다 했냐?"

아티프가 남은 일회용 반창고를 돌려주며 말했다.

"고맙습니다. 그런데 어떻게 비상약까지 갖고 다니세요?"

"차 안에 항상 이걸 비치하고 다니지. 아이들한테 자주 필요해서 말이야."

"흐흐 어린이 유괴범이라도 되세요?"

우리는 고개를 갸우뚱거리며 아저씨를 바라보았다. 아저씨 뒤로 하와이의 뜨거운 오후 햇살이 천지를 불사르듯 이글거렸다. 황금 후광을 뒤집어쓴 사막의 구원자라도 된 듯이.

"얘들아, 너희들 신문 배달 알바 어때?"

아저씨는 서론도 없이 아예 단도직입적으로 물었다. 우리는 웬 횡재냐 싶어 펄쩍 뛰어 하이파이브를 했다. 히죽이 아티프가 싱글거리며 소리쳤다.

"아저씨, 진짜 유괴범 아니에요?"

나는 좋은 건수를 놓칠까 겁나 아티프 입을 막았다.

"신문 배달 좋아요. 좋고 말고요. 그런데 저희에게 말씀하신 거죠?"

"물론이지. 보아하니 너희들 체격이면 딱이야."

나는 일부러 허리를 꼿꼿이 세우고 가슴을 쫙 폈다. 어깨를 구부리는 습관 때문에 엄마에게 항상 주의를 받던 게 생각나서다. 아저씨는 엄지를 높이 들어 보였다. 내 어깨를 다독이며 체격이 대장감이라고 추켜 댔다.

"저 아파트 사는 거냐?"

"네, 맞습니다."

남자 셋 사이에 정식으로 이야기가 오갔다. 마치 고등학교 형들처럼 아르바이트 면접이라도 보는 기분이었다. 히죽이 아티프는 지나치게 싱글거렸다. 아저씨는 우리 인상이 좋아 스카우트하는 거라고 덧붙였다.

'오, 예! 이게 히죽이의 위력인가 보네.'

아저씨는 호쿨라니 지역의 하와이 모닝 헤럴드 신문보급소장이었다. 인터넷 확산으로 종이 신문 구독이 줄어 큰일이라며, 부모님께 허락을 받아오라고 계약서를 내밀었다.

"너희처럼 덩치 좋고 씩씩한 알바생이 꼭 필요해."

아티프는 어깨를 으쓱이며 엄마에게 물어보겠다고 했다. 나도 아티프 하는 대로 따라 했다. 마음 같아서는 당장 찬성하고 싶었지만 말이다.

"얘들아, 신문 배달 알바도 인터넷에 밀려 언제 사라질지 몰라. 마지막일 수도 있는 기회란다."

아저씨는 내일 이 시간에 다시 오겠노라고 했다.

"와 보면 알 만한 친구도 있을걸!"

우리는 고개만 갸우뚱거렸다.

"깜짝 놀랄걸? 오기나 해라."

아저씨가 차에 타며 소리쳤다. 곧 아저씨가 멀어졌다. 내가 사귄 친구는 아티프뿐인데 도대체 누구일까. 속으로 아이들 얼굴을 하나씩 그려 보았다. 어디선가 시큼한 초록 사과 향이 밀려왔다. 아! 그 애 냄새다. 그 애를 생각하니 내 마음엔 작은 불꽃이 일었다. 가만히 눈을 감고 가슴을 눌렀다.

흑조

“조! 비옷 입고 가야겠다!”

“…….”

“우유도 한 잔!”

엄마가 눈을 비비며 중얼거렸다. 나는 엄마를 보지도 않고 소리쳤다.

“늦었단 말이야.”

무작정 서둘러 반바지를 꿰었다. 늦은 게 엄마 죄라도 되는 것처럼 짜증을 냈다. 오늘은 엄마마저 늦잠을 잔 게 틀림없다. 엄마나 나나 초심을 잃은 건 마찬가진데 왜 이러는지 나 자신이 더욱 싫었다.

어젯밤부터 쏟아붓던 장대비가 더 심해졌다. 고개를 빼고 밖을 살폈다. 아티프는커녕 쥐새끼 그림자 하나 보이지 않는다.

적막한 새벽 4시이다.

'어두운 빗속으로 내가 사라진다 해도 아무도 모르겠지.'

성난 바닷바람이 몰고 온 빗줄기가 후드득거린다. 검은 하늘에 구멍이 난 듯 물줄기가 콸콸 쏟아져 내린다. 길 건너 하와이 대학교 기숙사 건물이 시커먼 감옥처럼 윤곽만 보인다. 키 큰 야자수 잎은 펠레(하와이 화산의 여신)의 꼬불거리는 용암 머리칼처럼 비바람에 출렁인다.

며칠 전 빅아일랜드섬(하와이에서 가장 큰 섬)에서 킬라우에아 화산이 폭발했다. 세계에서 화산활동이 가장 활발한 화산 중 하나다. 상공 80m까지 용암을 뿜어 댔지만 이젠 저 장대비에 식어 하얀 김을 뿜어 댈 거다. 펠레 여신이 얼마나 화났으면 온 마을을 불바다로 만드는 걸까. 집을 버리고 피난 온 주민들이 겁에 질려 있었다. 끓어 넘치는 마그마와 시커먼 연기를 배경으로 취재를 하던 TV 앵커가 물었다.

"보금자리를 잃으셨으니 얼마나 힘드십니까?"

"화산 폭발로 집이 불타고 가축을 잃었어요. 새로 일구어 낼 길이 막막하고 눈앞이 깜깜합니다. 하지만 화산은 새로운 땅과 비옥한 농토를 가져다준다잖아요. 자연이 절망만을 가져다주는 것은 아니길 바라요."

관자놀이를 씰룩거리던 아저씨가 이내 울음을 터뜨렸다. 나도 눈물이 글썽한 채 TV 화면만 바라보았다. 평생 모은 재산이 화마에 쓸려 가다니! 엄마가 내 옆구리를 찔렀다.

"어휴, 덩치하고는. 우리 감성파 아드님, 시 한 수 나오려나."

나는 얼굴을 찌푸렸다. 덩치답지 않게 감성이 풍부하다는 이야기를 많이 들었다. 그 말은 사내가 좀스럽다는 뜻일 거 같아 모른 척하기 일쑤였다. 사실 텍사스에 있을 때는 부딪쳐 속상한 게 많아 시를 끄적이며 위로를 받고 싶었지만, 하와이 생활은 그저 즐겁기만 하다. 풍요로우면 글이 안 나온다는 문예반 선생님 말씀이 맞을지도 모르겠다. 하와이 친구들은 내가 시 쓰는 걸 모르니 다행이다. 계속 비밀로 할 거다. 쳇! 글쓰기가 덩치하고 무슨 상관이람. 하기야 유명한 소설가나 시인들은 하나같이 날씬한 몸매에 날카로운 지성을 지니긴 한 것 같다.

한참 만에 아빠 목소리에 깨어났다.

"어떻게 저런 여유가 나올까? 역시 하와이 사람답네!"

TV에서 인터뷰가 계속되었다. 화산 폭발이 지구에 심각한 영향도 주지만 동시에 풍부한 토양과 새로운 땅을 생성하기에 생태계가 다시 살아나는 것이라며 후손에게 좋을 거라고 했다. 하와이인들은 급할 것 없고 편안하게 생각했다. 그러니 화산 폭발의 잔해를 치우는 데도 상상을 초월한 오랜 시간이 걸릴 게 분명하다.

서두르며 운동화를 신다가 죽 미끄러졌다. 안정된 착지 동작으로 위기는 모면했으나 쿵 소리에 엄마가 달려 나왔다.

"역시 우리 아들. 태권도 시켜 본전 뽑네."

"됐고요."

엉덩이가 심하게 후끈거렸다. 엄마는 어디에든 아들 태권도 했다는 걸 갖다 붙였다. 어쨌거나 몸무게 조절하라고 엄마가 강제로 보낸 체육 학원에서 배운 낙법이 효과는 있는 듯했다. 돌아보니 엄마는 여태 현관문을 붙잡고 서 있다. 황새목 마네킹 같아 섬뜩하다. 나도 그만 들어가시라는 말을 하지 않는다. 그 고집을 알기 때문이다. 엄마가 아티프 엄마와 하는 이야기도 들은 기억이 있다.

"깜깜한 새벽 4시에 어린 아들을 일터에 내보내 놓고 어떻게 잠이 오겠어요. 그래서 할 일을 찾았지요. 그때 영어 소설을 번역하기 시작한 거예요."

"저도 그 시간에 뭔가를 하게 되더라고요."

엄마들은 다 그렇다. 항상 걱정이 태산이다. 엄마가 신문 배달을 시켜서 한 게 아닌 데도 말이다. 나도 이곳 애들처럼 내 손으로 용돈을 벌어 보고 싶었다. 솔직히 공부는 싫어도 이런 일이라면 잘 해낼 자신이 있다. 나는 떡 벌어진 어깨를 으스대어 보았다. 엄마는 그 시간에 일어나 공부나 하라며 반대했지만, 나와 붕어빵인 아빠는 늘 내 편이었다. 외모는 물론 심성까지도 빼다 박았다고들 하는.

'오호, 역시 하늘은 스스로 돕는 자를 돕는다.'

나는 안도의 숨을 내쉬었다.

"하와이는 새벽에 교통이 안전해서 허락하는 거야. 우리 아들이 얼마나 잘 버티는지 두고 볼 테다."

아빠의 기대에 찬 얼굴이 떠오른다. 끈기 없는 나를 시험해 볼 절호의 기회라고 스스로 다짐한다. 하와이 날씨는 변덕쟁이 마술사이다. 쨍하고 향기로운 훈풍을 보내다가도 오늘처럼 거센 비바람을 몰고 오는 날은 악마로 변신한다. 이런 날 바닷가로 나가면 거친 파도는 장관이다. 아니 장관이다 못해 물 지옥 같다.

'왜 신문 배달을 한다고 했지. 그래도 사나이가 한번 시작한 일은 끝을 봐야지. 한국에 돌아가기 전까진 무슨 일이 있어도 아르바이트를 그만두지 않을 거야.'

한 치 앞도 보이지 않을 정도로 깜깜하다. 새벽 비바람이 얼굴을 내리쳤다. 모자 달린 비옷까지 뒤집어썼지만, 한 방에 모자가 벗겨졌다. 종아리까지 오는 긴 비옷이 비에 젖은 천막 자락처럼 치렁거렸다. 쫄딱 젖은 머리의 물기를 털며 흔들어 댔다. 작은 물방울들이 먼 데서 달리는 차 전조등 속으로 빨려들어 가는 듯했다. 저승으로 인도하는 부챗살 모양의 회오리 터널 같았다. 머리꼭지가 곤두서 눈을 감아 버렸다. 안 돼. 싱그러운 하와이만 생각하는 거다.

아침이 어둠을 걷으며 화려하게 입장하겠지. 초록 망고 숲에선 새콤한 향기가 손짓하고, 망고 잎은 참기름 바른 듯 반질거릴 거야. 어느새 입가에 침이 고인다. 오, 발그레한 망고가 수줍은 듯 나를 부르네. 내가 사랑하는 뜨거운 여름날이야. 망고 익히는 요정들의 영차! 함성이 요란하네.

아티프가 사는 4층 꼭대기를 아무리 올려다보아도 내려오는 기척이 없다. 늦잠을 잔 건지, 어디가 아픈 건 아닌지. 지난주 산행을 했다는 아티프네는 차 없이 살아가는 자연주의자들이다. 식구 수대로 자전거를 타고 살아간다. 지구를 구하겠다는 신념을 가진 특별한 가족. 언젠가 아빠가 말했다.

"지구를 해치는 차, 맞지. 우리 집도 차 없이 살아 볼까?"

"절대 안 돼!"

살이 찌면서 점점 더 걷기가 싫어졌다. 신문 배달로 인해 내가 날쌘돌이가 될 거라는 아빠의 덕담을 못 들은 척했다. 아직 살 뺄 재주는 없으니까. '신문 배달로 받은 내 용돈은 내 손으로'라는 구호로 자립의 의사를 강조했다. 아빠가 말했다.

"반전주의자에 환경론자, 게다가 다인종주의자. 대단한 아티프 가족이야."

"네, 아티프네는 이번 주말도 식구들 단합 대회래요. 자전거로 그렇게 높은 세이크리드폭포까지 간대요."

"와 대단하다. 그 급한 경사를 자전거로? 그런데 엄마는 그리스인, 아빠는 독일인, 아티프는 아프리카. 금발 머리 그 애 동생은 유럽 어디서 입양했나? 하얀 얼굴에 금발은 아빠를 닮은 것 같기는 한데. 아 됐네요."

엄마는 얼른 말꼬리를 돌렸다. 우리가 인종 조사를 할 일은 아니라며. 아티프네뿐 아니라 하와이는 정말 인종 짬뽕의 장이다.

까무잡잡한 얼굴의 나는 아티프와 엄청 닮았다. 어쩌면 가을 햇살에 푹 익어 반질거리는 피부색 덕에 그 애와 더 빨리 친해졌는지도 모르겠다. 어쨌든 내 피부가 검은 건 순전히 아빠 책임이다. 아니, 대대손손 내려오는 아빠 집안의 강력한 DNA 덕분이다. 아빠는 인류의 조상인 호모 사피엔스가 아프리카 흑인이라서 검은색이 우성이라 주장한다. 구렁이 담 넘듯 한 아빠의 유머에 한술 더 뜨던 해운대 반장 아줌마가 생각났다.

"한턱내셔. 울 남편 얼굴은 싸구려 가죽, 조 아빤 반질거리는 진품 가죽. 검정 구두약으로 반짝반짝 광을 낸 럭셔리 원조!"

아빠는 고맙다며 머리를 조아렸고, 붕어빵 아들도 엉덩이를 실룩였다. 엄마는 부자지간에 잘 논다며 눈살을 찌푸리는 척하면서도 느긋해했다. 그 염화시중의 미소를 나는 놓치지 않았다. 럭셔리 흑조(黑鳥)! 그 흑조에서 내 별명이 왔다는 것을 아는 사람은 많지 않다. 그 조와 내 성이 맞아떨어진 때문이다.

선생님

빗줄기가 더 거세어지더니 쌩쌩 돌바람으로 변했다. 시커먼 나무들이 강풍에 쓸려갈 때마다 파도도 부서지며 비명을 내지른다. 나무들이 고통스러워하니 바다는 마음이 만 갈래로 찢어진다.

며칠 전 읽은 하와이 신화가 떠올랐다. 바다의 신과 나무의 정령이 열렬히 사랑했지만 갈라서게 되었지. 인간들의 욕심 때문에. 인간들이 숲을 베어 버리고 바다를 흐리게 오염시켰던 거야. 바다와 나무는 슬퍼했고 점점 서로의 목소리를 잃어 갔지. 한 몸이 둘로 갈라져 나가면서. 그 후 나뭇잎이 흔들리며 속삭이면 바다는 출렁이는 물결로 답하곤 했대. 나무가 어느덧 바람을 통해 바다와 대화하게 된 거야.

그런데 오늘은 바람이 저리 울어 대니 파도도 단단히 성이 났나 보다. 철썩철썩 부서지며 나무를 위로한다. 사랑하면 저렇게 한마음이 되나 보다.

보드 접촉 사고가 난 엉덩이가 욱신댄다. 비 오면 삭신이 쑤신다던 할머니 말이 이래서일까. 엉덩이에 시퍼런 멍이 몽고반점처럼 쫙 펴졌을지도 모른다. 갑자기 단발머리를 나풀거리던 하나 리가 떠오른다.

'흐흐. 이 영광의 상처를 단발머리에게 보여준다?'

그만 멈칫해지고 만다. 이런 유아적인 장난이 그 애에겐 통하지 않을 것만 같다. 뭔가 신비로운 비밀을 가진 듯 새치름한 아이. 그 애가 어느새 내 맘속에 깊이 자리 잡았다.

비바람 속에 단발머리 펄럭이며 달려오는 아이 있어
어느새 그 애와 함께 빗속을 달리네
우리 어디로 갈까?
비에 젖은 그 애 머리칼에선 초록빛 사과 향이 나
어느새 살포시 눈을 감네
너랑 손 맞잡고 바다 끝까지 달리고 싶다
우리, 바다와 나무처럼 끝없이 이어질 수 없겠니.

"지독한 비다!"

아티프 목소리에 퍼뜩 정신이 돌아왔다. 시인의 옷을 벗고

조로 돌아와야 할 시간이다. 아티프가 계단을 달려 내려오는 게 보였다. 검은 망토 비옷이 계단에 거치적거려 넘어질 듯 위태로웠다. 가슴 조이다 못한 내가 소리쳤다.

"넘어져, 조심해!"

"오케이. 근데 나 드라큘라 같지?"

"입가에 피를 좀 발라 줄까? 크크."

"싫다는데 엄마가 기어코 아빠 낚시판초를 입혔어. 펀치볼 공동묘지(오아후섬에 있는 국립묘지)로 가야 할까 봐."

아티프가 웃자 허연 이가 어둠 속에서 환히 빛났다.

"인마. 그만 웃겨. 잠 깨겠다."

우린 둘 다 입이 찢어지게 하품을 했다.

부르릉! 봉고차 헤드라이트가 우리 앞에 와 섰다. 아저씨가 빨리 타라 손짓했다. 한참 어둠 속을 달려 우리를 신문사 앞에 내려놓았다. 고달픈 하루가 시작되는 판이다. 신문을 똘똘 말아 하나씩 비닐봉지에 넣어야 한다. 특히 비 오는 날은 더 잘 묶어야 신문이 젖지 않는다. 오늘도 신문을 말며 꾸벅대고 졸다가 나도 모르게 눈을 비볐다. 아티프가 소리쳤다.

"너, 지저분한 도둑고양이가 됐어!"

녀석은 어둠 속에서도 싱글거리고 있을 게 분명했다. 나도 소리쳤다.

"넌 어떻고. 이 느림보 판다 곰!"

구석에서 푸푸 웃는 소리가 들렸다. 우리는 놀라 검댕이 눈을 비비고 돌아보았다. 조그만 아이가 고개를 숙인 채 빠른 속도로 신문을 말아 넣고 있었다. 희미한 불빛 아래서도 그 애 속도는 아티프나 나에 비할 바가 아니었다. 민첩하고 야무진 게 그림동화 속 변신 여우 같았다. 우리가 차를 타기도 전에 미리 이 애가 차를 타고 있었던 걸까.

'앗, 소장 아저씨가 말했던 놀랄 거라는 애가 재다!'

나는 속으로만 외쳤다. 이제야 그 일이 생각나다니! 그때 소장 아저씨 목소리가 들렸다.

"다 했냐? 이제 출발하자."

우리는 주섬주섬 가방을 메고 밖으로 나왔다. 이미 비에 젖은 가죽 가방이 무거워 뼈마디가 녹아내릴 듯했다. 물귀신 무게라며 투덜거리는데 아저씨 차가 다가왔다. 내려치는 빗발 사이로 우리는 차에 올라탔다. 소장 아저씨가 보급소 안에 대고 소리쳤다.

"하나! 빨리 타지 뭐 하냐!"

그때 모자를 눌러쓴 조그만 여자애가 차로 뛰어들었다.

'하나 리! 그 애다!'

죄를 짓지도 않았는데 가슴이 세차게 쿵덕거렸다. 내 맘속에 들어앉은 그 애가 바로 앞에 있다. 그 애는 파도 같았다. 괜히 밀려왔다 밀려가는 설렘이었다. 멀리서도 내 마음을 일렁이게 만드는 파도. 그럼 난 나무가 되어야 한다.

'왜 여자애가 새벽에 이런 알바를 할까? 하기야 미국은 남녀 차별이 없긴 하지.'

아티프 옆구리를 콕 찌르며 앞쪽을 가리켰다. 아티프는 어깨를 으쓱거릴 뿐 입을 굳게 닫았다. 하나의 작은 몸은 좌석에 파묻혀 보이지도 않는다. 얘는 언제부터 신문 배달을 한 걸까? 만일에 내가 저렇게 가냘픈 여자애라면 엄마는 절대 나를 어두운 새벽에 내놓지 않았을 게 뻔하다.

엄마도 처음엔 갓 중학생이 된 아들 고생시킨다며 신문 배달을 반대했다. 행여 허락을 못 받을까 봐 내가 안절부절못할 때, 아티프 엄마가 신이 되어 주었다. 미국에서는 아이들이 돈 주고도 못할 귀한 경험이라 하니 엄마도 단박에 솔깃해졌다. 그제야 아빠도 어릴 적 신문 배달을 해본 적이 있다고 은근히 부추기는 눈치였다. 어쨌든 우리는 쉽게 부모님 허락을 받아 냈다. 엄마는 한쪽 눈을 찡긋했다.

"돈 벌면 보드 값 갚는 거 잊지 마."

아빠는 다그쳤다.

"중도하차 하려면 시작하지도 마라. 돈 버는 게 얼마나 힘든지 알게 될 거야."

"넵, 당근이죠."

엄마가 말했다.

"아티프랑 우리 조가 체격이 좋아 '스카우트'된 거래요."

엄마 자랑에 아티프 엄마도 동조했다.

"맞아요. 그 큰 배달용 가죽 가방 무게만도 힘겨워 어지간한 체력의 아이들은 엄두도 못 내죠."

엄마는 그러면서도 걱정이 늘었다. 아침마다 아들을 깨우는 게 가장 큰 일이었다. 아침잠이 많은 엄마는 밤에 알람을 맞춰 놓고 새벽에 나를 깨우는 연습을 했다. 다행히도 며칠은 성공적으로 일어났다. 그러나 오늘은 내가 먼저 일어나 정신없이 서둔 거였다. 공부하라면 못 일어나는 애가 별일이라며 엄마는 대견해했다.

"그 무거운 가방 메고 언덕길을 오르내리려면 우선 잘 먹여야겠어요."

엄마는 내 간식을 보강했고, 살찌는 소리가 징그러울 지경이었다. 공부시간에 졸다가 선생님 주의를 받은 건 엄마에게는 일급비밀이지만. 엄마가 이 사실을 알면 당장 신문 배달을 그만두어야 하니까 말이다. 어쨌든 우리는 일주에 세 번 월수금 배달 반인데, 하나 리는 화목토에서 월수금 반으로 바꾼 걸까. 이제야 나타난 걸 보면.

차는 덜컹거리며 어둠 속을 달리고, 검푸른 나무숲을 지났다. 오르막길을 힘겹게 오르고, 호쿨라니 언덕 정상에 도착했다. 아티프와 나는 차에서 내리자마자 도로의 양쪽으로 갈라섰다. 주택가의 새벽은 눈 감은 것처럼 시커멓고, 젖은 길은 갯벌인 양 질척거렸다. 아티프는 홀수 번지, 나는 짝수 번지 담당이다. 길의 위쪽 언덕부터 아래로 내려가며 집마다 신문을 던져 넣는다. 이젠 눈 감고도 신문 구독 가구를 알 수 있다.

아저씨 차가 내리막길로 방향을 바꾸며 소리쳤다.

"조심해라. 바람이 세다."

하나를 태운 차는 한참을 내려갔다. 새벽 정적 속에서 브레이크 밟는 소리가 언덕 아래서 메아리쳤다. 전조등 속에 단발머리 실루엣이 빗속으로 멀어졌다. 몸통보다 더 큰 가방을 움직이면서. 한참 후 그것은 점이 되어 어슴푸레한 안개비 속으로 사라졌다. 아저씨 차도 이미 보이지 않는다. 도로가 끝나는 바다 아래로 희미한 어둠이 뱀 허물처럼 한 겹씩 벗겨지고 있었다.

'하나 담당구역은 어디일까? 어두운 새벽이 무섭지 않을까?'

신문을 다 돌릴 때쯤이면 먼동이 틀 거다. 그리고 아래 길에서 아티프와 나는 아저씨 차에 다시 탄다. 오늘은 하나까지 세 명이 될 것 같다. 하나를 볼 수 있다는 생각에 날아갈 듯 신이 난다. 어둠을 향해 목청껏 소리쳤다.

"가자~!!"

서둘러 언덕길을 내려가기 시작했다. 물을 머금은 잔디가 쭉쭉 미끄러졌다. 서둘러서인지 오늘따라 경사가 더 가파르게 느껴졌다. 배달 첫날, 소장 아저씨가 가르쳐 준 노하우를 떠올렸다.

"던지는 것도 요령이 있어. 이렇게 마당 안쪽 깊숙이 툭! 팔을 높이 올려서."

이제 어둠 속에서도 신문이 어디쯤 떨어질지 짐작이 갔다.

"집들이 담도 없으니 이제 눈 감고도 오케이다!"

비에다 화풀이라도 하듯 "아티프~!" 하고 소리 높여 호통을 쳐 봤다. 그런데 그 소리가 전혀 들리지 않았다. 비에 묻혀 버렸다. 보통 길을 사이에 두고 아티프는 오른쪽, 나는 왼쪽 주택에 신문을 던지며 비슷하게 내려왔다. 맑은 날이면 도로를 사이에 두고 "타닥!" 신문 떨어지는 소리가 조용한 새벽을 울렸었다. 그러나 오늘은 희미한 어둠 속에 빗소리만 더 커졌다.

"야, 아티프! 어디 있어?"

어둠이 소리를 집어삼켰다. 집마다 서 있는 나무들이 사무친 유령들처럼 비바람에 쓸리며 윙윙 소리를 질렀다. 갑자기 개가 짖기 시작했다. 이 언덕 개들은 이제 익숙해져 날 보고 꼬리를 치는데 이 녀석은 웬일일까.

"왈왈!"

못 들은 척 신문을 던져 넣었다. 신문이 잔디 위에 툭 떨어졌다. 순간 그 집에서 불이 환히 켜지며 검은 그림자가 나왔다. 그림자가 우편함을 탁탁 치며 소리를 질렀다.

"이봐! 신문을 이 집 속에 넣으라고 몇 번이나 말해야 해?"

오, 맙소사. 나도 모르게 성호를 그었다.

'헐, 여기가 잽 샘 집? 휴! 깜박했네.'

잡히면 죽음이다. 삼십육계 줄행랑을 쳐야 한다.

"반석! 너 정신을 어디다 놓고 일하냐?"

그때 샘 집에서 할머니 한 분이 나오더니 손짓을 했다. 괜찮다며 어서 가라는 듯 고개까지 끄덕였다. 그 옆으로 샘이 나오더니 신문을 주워들었다. 멍청이 개는 더 세게 짖어 댔다.

귀신이 들렸나, 잽 샘 신문은 우편함에 넣어야 한다는 주문을 또 잊어버렸다. 오늘은 비가 와서 번지수가 안 보여서라고 해도 변명에 불과하다. 꼭 샘 집에 오면 실수를 한다. 이 도로에서 샘을 포함 다섯 집을 빼고는 무조건 잔디밭 행이다. 그런데 오늘 샘한테 호되게 걸리고 말았다. 샘은 왜 그리 일찍 일어나는지 모르겠다.

샘이 소리쳤다.

"내일도 또 바닥에 신문 던져 놓기만 해 봐라. 신문사에 이야기하겠어."

"네, 죄송합니다!"

나는 목이 터지도록 소리를 질렀다.

'휴, 하필이면 이 동네에 사실 게 뭐람?'

사실은 배달 첫날 샘에게 딱 걸렸다.

"어이, 배달부. 우리 집은 꼭 여기 이 작은 집에 넣어라."

우편함을 가리키며 주인아저씨가 말했다. 많이 듣던 목소리라 둘러보니 담임 잽 샘이었다. 버터 바른 듯 느끼한 목소리 때문에 금방 알아봤다.

"앗! 너, 조 아니냐? 부지런하군! 잘해 봐."

잠깐 '잽 샘'이라는 호칭에 대해 들어 보시길. 옆 반의 한국 아이가 그러는데 한국 아이들 간에 부르는 다나카 선생님의 별명이라고 했다. 샘은 한국계 애들한테 간섭이 심하고 너무 엄격한 것 같다고 했다. 내가 처음 학교에 온 날, 그 아이가 말해줬다. "너희 담임이니 특별히 조심하는 게 좋을 거야. 작년에 우리 담임이었는데 나도 항상 불려 갔어."라며. 우리 둘만의 비밀이니 절대 새어나가지 않게 하라고 했다.

잔디밭에 신문을 던지며 계속 달렸다. 이 동네는 거의 두 집 걸러 하와이 모닝 헤럴드를 본다. 오늘은 배달을 빨리 끝내고 하나를 찾아봐야겠다. 하나를 떠올리니 기분이 좋아지고 날아갈 것만 같다. 아까는 무겁던 가방이 거뜬해졌다.

"하나 리~, 기다려라~."

사실 미국 주말 신문은 지면이 한국 신문의 서너 배는 된다. 집, 차, 가전제품, 강아지 먹이 등의 판매 광고 때문이다. 미국 사람들은 왜 그 많은 광고가 필요한지 모르겠다. 이곳 하와이가 미국은 미국인데 참 이상한 미국이다. 하와이에서도 이 동네는 특히 일본 사람이 많다. 며칠 전 놀러 온 아빠 친구분이 그 이야기를 해 주었다.

"하와이는 다민족 전시장이지. 정작 노랑머리 백인은 아주 드물단다. 동양인이 우대받는 곳이야. 살아 보면 동양인이 살기에 정말 편해. 하와이엔 오히려 하올리(백인 혈통을 가진 하와이 주민을 칭함)가 불리한 점도 있다니까."

"아저씨, 우리 학교도 거의 일본계 아이들이에요."

"응, 하와이는 부자 동네로 갈수록 일본인이 많단다. 그들은 일찍 눈을 뜬 거지. 하와이에 이민 온 후 열심히 일해서 부를 많이 축적했어. 교육열도 높고 지난번 하와이 주지사도 일본계였어."

"우리 담임 잽 샘도 저 위쪽 달동네에 사세요."

아빠가 내 말을 막았다.

"어, 또 그렇게 부른다."

아빠 친구분이 웃으며 말했다.

"그건 일본 사람을 비하하는 말이거든. 어쨌든 그 샘도 제일 전망 좋은 곳에 사시네. 하와이에서는 달동네가 제일 부촌이지, 흐흐."

아빠가 덧붙였다.

"남의 나라에 와 잘살아 보려고 항상 긴장하고 노력하는 이민자들 보이지? 꿈을 안고 고국을 떠나온 그들이 새 터전에서 잘살아 보려고 얼마나 애쓰는지 눈물겨워. 다민족 국가에 온 이상 서로를 존중하고 이해하며 살아야 해. 일본도 그냥 외국 중 한 나라로 생각해라. 그 이상도 그 이하도 아닌."

"일본에 관심을 꺼라 이거네요? 그래도 싫은 건 싫은 거죠."

"그래도 일 년을 그 선생님과 지낼 건데. 선생님의 장점만 보도록 노력해 봐."

"……."

"왜 대답이 없냐?"

"알았다고요."

마지못한 억지 대꾸에 아빠 친구가 나섰다.

"허허. 자기주장을 하는 걸 보니 반석이가 많이 컸구나. 하지만 어떤 상황에 대해 주관적인 평가도 필요하지만, 객관적인 평가가 도움이 될 때도 있는 법이다."

아저씨는 말머리를 돌렸다.

"하와이 첫 이민이 어떻게 시작되었을까?"

아저씨 말에 역사를 좋아하는 나는 기분이 좋아졌다.

"일제 강점기 전 대한제국 시절에 가난한 한국인들이 사탕수수 농장 노동자로 하와이 땅을 밟게 된 게 미국 이민의 시초가 되었어."

아빠가 물었다.

"하와이가 미국의 주가 된 것은 한참 후 일이지?"

"하와이가 미국 영토로 편입된 것은 1900년이지만, 1959년에야 정식으로 50번째 주가 되었지. 한국전이 발발하고 약 9년 후의 일이군."

"아저씨, 독도 노래에 '하와이는 미국 땅, 독도는 우리 땅~' 하는 것도 바로 그 때문이었군요. '하와이 사진 신부' 이야기도 있던데요?"

"영어로 사진 신부를 '픽쳐 브라이드'라고 하지. 먼저 하와이 이민 노동자들의 사진을 한국으로 보내서 한국에 있는 여자들과 짝을 맺게 했어. 그 후 여자들을 하와이에 초청했던 거야. 꽃다운 나이의 여자들이 몇 개월씩 태평양을 횡단하는 배에 시달린 채 전혀 모르는 남자를 찾아왔어. 가슴에 사진을 품고 희망에 차서. 그런데 여자들이 도착하니 사진 속 남자들이 안 보이더래."

"네? 어찌 된 거죠?"

"그러게 말이다. 사진 속 남자들은 간데없고, 햇볕에 오징어처럼 구워진 주름투성이의 늙은 남자들이 목을 빼고 기다리고 있더란 거야."

"OMG! 사진 신부가 그런 사연이 있었군요. 슬픈 영화 속 이야기 같아요."

"그분들은 땡볕에서 개처럼 일하고 정승처럼 돈을 썼지. 점심을 굶어 가며 모은 돈을 대한민국의 독립을 위해 기꺼이 내놓기도 했어. 한국전쟁 때 한국을 돕기 위해 모은 돈을 보낸 것은 물론이고."

"저는 하와이를 편안하고 낭만적인 섬으로만 여겼는데, 알고 보니 민족적 에너지가 팍팍 솟는 땅이네요."

"너도 하와이의 정기를 받아 성공적인 신문 배달을 해라. 커서 돌아보면 인생에 잊지 못할 추억도 될 거다. 그 덩치로 뭘 못하겠어? 겁나는 게 없겠다!"

"그래도 겁나는 게 있거든요."

아저씨가 눈을 크게 떴으나, 나는 모른 척 입을 굳게 다물었다. 그 순간 구릿빛 다나카 선생님의 얼굴이 어른거렸다.

비밀

아침에 학교에 가니 아이들이 참새처럼 모여 떠들고 있었다. 하필이면 교실 뒤쪽 내 책상을 중심으로 모여 선 채로. 다음 주에 열릴 학교 축제 이야기인 것 같았다.

"야, 비켜!"

아이들이 신났는지 떠드느라 빨리 비키지를 않았다. 기가 막혔다. 한국에서는 내가 완전 학급 짱, 학년 짱이었다. 아무도 나에게 함부로 못 했는데 이곳 미국은 달랐다. 작은 아이들도 뭐든지 나에게 따지고 들었다. 텃세하는 게 은근히 느껴졌다.

"비키라고!"

악쓰는 소리에 아이들이 모두 고개를 들었다. 그때야 아이들이 하나둘 슬슬 자리를 피했다. 자리에 앉으려던 나는 깜짝 놀랐다. 책상 위가 황토 흙범벅이었다.

아이들을 노려보며 소리쳤다.

"야! 내 책상 흙발로 뭉갠 놈 누구야?"

그때 반장이 앞으로 나왔다.

"야! 늦게 굴러들어 온 짱돌이 왜 그리 말이 많아?"

"뭐 뭐라고?"

"내 말도 못 알아듣는 주제에……."

순간 머리 뚜껑이 확 열리는 것 같았다. 늦게 들어온 돌이라는 둥 텃세하는 게 분명했다. 아직도 수업 중에 아이들이 깔깔거릴 때 왜 웃는지 몰라 그냥 웃는 척할 때가 부지기수였다. 지금 저 녀석이 그런 나를 알면서 무시하는 거였다.

넌 태어나면서부터 영어 했냐? 난 태어나면서부터 한국어 했다라며 한 방 먹여주고 싶었다. 그러나 말이 입안에서만 뱅뱅 돌고 튀어나오지를 않았다.

"그러고 보니 너로구나! 흙 발길질해 놓은 놈이?"

"네가 보기나 했어? 증거를 대 봐!"

반장이 따지고 들었다. 나도 몰래 부르르 주먹을 쥐며 목소리를 높였다.

"아니 요 녀석이?"

내 말에 또 반장이 따지고 들었다.

"녀석이라고? 까불지 마, 인마."

반장은 까까머리에 얼굴이 납작한 '아키라'라는 애였다. 이름을 보니 일본계인 것 같긴 했으나, 우리 반 반절 이상이 다 일본 이름이니 별 이상할 것도 없긴 했다. 까만 머리 아이들이 반장 주위로 모여들며 수십 개의 눈동자가 나를 노려봤다.

나는 위협을 느꼈다. 텃세 부리는 녀석들한테 울분이 치솟았다. 나도 한국에서 5년이나 역사를 배웠다. 그때 한국이 36년이나 일본의 식민지로 살았다는 걸 배우며 얼마나 울분이 솟았던가! 그러니 저런 건방진 잽을 그냥 둘 수 없었다.

씨근덕대며 반장의 교복셔츠 깃을 잡고 으르렁거렸다.

"너 가만 안 둬!"

녀석이 놀리듯 턱을 내밀었다.

"가만 안 두면 어쩔래? 한번 해 보셔."

나도 모르게 주먹이 나갔다. 옆구리를 맞은 녀석이 꼬꾸라지는 척하며 엄살을 피웠다.

"어? 너 나에게 먼저 손댔겠다!"

약삭빠른 반장 녀석이 얼른 후퇴했다. 나는 다시 달려가 배를 한 대 내리쳤다. 반장이 구부리며 배를 비벼댔다. 새우젓 같은 작은 실눈을 치켜뜬 채로. 얄미운 생쥐새끼 같은 녀석. 점점 약이 올라 참을 수가 없었다. 주먹을 불끈 쥐고 반장을 향해 다시 주먹을 날리는 순간, 드르륵 교실 문이 열렸다. 놀란 토끼 눈으로 둔갑한 다나카 샘 얼굴이 보였다.

"앗! 너희들 뭐 하는 거야?"

희한하게도 이럴 때 나타나다니. 둘러섰던 아이들이 슬금슬금 제자리로 돌아갔다. 나도 자리로 돌아왔으나 반장만 남아 구부러진 셔츠 자락을 만지작거렸다. 반장과 나는 곧 교무실로 불려갔다. 샘이 반장을 향했다.

"아프냐?"

"어휴, 허리를 못 펴겠어요."

"가슴 꼿꼿이 펴. 그만 엄살 피우고 교실로 돌아가라."

반장이 도망치듯이 교무실을 빠져나갔다. 주위를 둘러보니 교무실이 텅 비었다. 샘은 한참을 말없이 책만 챙겼다. 내가 먼저 침묵을 깼다.

"선생님, 바 반장이 먼저……."

"반장이 어쨌는데? 말해 봐."

급할 때면 어째 영어가 더 안 나오는지 죽을 맛이었다. 샘이 시계를 보며 말했다.

"나 수업 들어가야 하거든. 나중에 더 이야기하자. 내용이야 어쨌든 먼저 폭력을 가한 사람이 처벌받는다."

"그래도 반장이 먼저 저를 약 올리며……."

"어쨌든, '어떤 상황에서도 폭력은 금지!'가 우리 학교 교칙이다. 그나마 반장이 피가 안 터져 다행인 줄 알아라."

내 변명을 듣지도 않고 선생님은 선언했다.

"한 번만 더 이런 일이 있으면 당장 부모님 소환이다!"

일단은 고무줄처럼 조였던 긴장이 풀어졌다. 엄마에게 알리지만 않아도 얼마나 다행인가.

그날 나는 온종일 도서실에서 벌서야 했다. 다시 꿀 먹은 벙어리가 되었다. 고독한 학처럼 고개를 빼고 바깥 구경을 하다 다시 연필을 쥐었다. 그날 벌칙인 반성문을 쓰느라 손목이 나갈 것만 같았다. 아, 내 손목! “이제 다시는 폭력을 가하지 않겠습니다.”를 100번씩 노트에 써야 했다. 모욕이었다. 중학생에게 이런 벌을 주는 건 유치하기 짝이 없는 일이다.

‘먼저 남의 책상에 발자국 낸 놈이 누군데? 먼저 깐족거린 놈이 누군데?’

이렇게 불공평한 일이 또 있을까. 미국은 한국보다 공평한 나라라고 생각했다. 이제 미국 학교에 대해 품었던 기대가 기껏 쌓은 모래성이 파도에 쓸려가듯 삽시간에 사그라졌다. 주먹을 으스러지도록 움켜쥐어 보았다. 태권도 배운 것도 다 부질없는 짓이었다.

‘휴! 이 웃기는 반성문 쓰는 걸 거부한다면?’

당장 엄마에게 연락이 갈 것이다. 엄마는 신문 배달 하는 아들이 직장이라도 잡은 듯 자랑스러워했는데, 이 사실을 알면 엄마는 쓰러질지도 몰랐다. 엄마의 당혹스러운 얼굴이 어른거렸다. 아들이 최고인 것처럼 떠들던 엄마의 자존심은 순식간에 화장실의 싸구려 휴지처럼 구겨질 것이다.

'다나카 샘이 한국인을 싫어하는 게 분명하다.'

동지팥죽처럼 속이 부글거리며 끓어올랐다. 비겁한 잽 샘, 잽 샘이라며 주문만 뇌까렸다.

점심시간 종이 울리고 아이들 소리가 시끄럽게 들렸다. 도서실에 와 책을 보려는 아이들이 나를 힐끗거렸다. 파리 떼처럼 끈끈이주걱으로 달려드는 눈총이 너무 싫었다. 고개를 파묻고 엎드려 있다가 깊은 잠에 빠졌나 보다. 누군가가 내 어깨를 흔들며 속삭였다.

"조, 조. 여기 네 도시락."

"쯧쯧, 피곤했나 보다."

눈을 비비니 앞에 도시락이 있었다. 퍼뜩 주위를 둘러보았다. 도서실 문으로 나란히 사라지는 아이들 뒷모습이 보였다. 분명히 꺽다리 아티프와 검은 단발머리였다. 그들을 쫓아가려다 나는 돌아섰다. 아니, 그들이 아니라 그 애 때문이었다. 아티프가 아니라 내 관심은 오로지 하나였기에. 벌서는 내 모습을 절대 하나에게 보여 줄 수는 없었다. 하나에 대해 다시 정리를 해 보았다.

첫째, 하나가 우리 학교 학생인 것이 분명해졌다. 그 애에게 접근 가능.

둘째, 보드 타던 날. 아파트 아래쪽으로 내려갔으니, 아랫마을에 사는 게 분명하다. 그런데 왜 우리 아파트까지 올라와 보드를 타는 걸까. 아티프 때문인 게 분명하다. 조금 전 둘의 다정한 모습이 자꾸 맘에 걸린다. 그들이 사귀는 게 분명하다. 노트 맨 뒷장에 써 봤다.

하나 리 - 아티프 x

하나 리 - 블랙 조 o 아무리 봐도 이게 더 어울리지?

이건 분석도 아니고 그냥 유치하기 짝이 없다. 낙서하던 노트를 와락 덮고 도시락을 펼쳤다. 엄마 정성이 담긴 김밥을 보니 허기가 와락 몰려오며 눈앞이 부예졌다. 엄마는 살찌는 아들을 위해 먹는 것에까지 이렇게 신경을 썼다. 그런데 아들의 이런 꼴을 보면 뭐라 하실까? 하와이에서는 엄마 좀 제발 학교에 불려 가지 않게 해 달라고 몇 번이나 당부했었다.

오후가 되자 아이들이 몰려오는 소리가 났다. 얼른 먹던 도시락을 집어넣었다. 며칠 후 있을 학교 축제를 위해 반 단위로 준비물 만드는 작업을 했다. 그러나 우리 반은 아무도 나타나지 않았다. 차라리 잘 된 거다.

이윽고 학교 끝나는 종이 울렸다. 그대로 있어야 할지 교실로 가야 할지 망설여졌다. 이래도 저래도 샘에게 혼날 것만 같았다.

'분명 내가 한국 애라 잽 샘이 나를 물먹이려는 거야.'

잊으려 하면 할수록 화가 치솟았다. 얼굴을 책상에 묻었다.

하와이에 오고 나서 첫 등교일이 생각난다. 백발 교장 선생님이 담임 선생님을 소개했다. 알로하셔츠(하와이 무늬의 남방)를 입고 영어가 유창한 다나카 선생님은 일본계임이 분명한데 얼굴은 진한 갈색의 하와이 원주민 같았다. 선생님이 내 전학 서류를 보며 물었다.

"한국 어디서 왔어요? 북한 아니면 남한?"

"사우스 코리아요."

엄마가 재빨리 답했다. 내가 보기에도 선생님 질문이 황당했다. 아무렴, 우리가 북한에서 온 사람 같아 보였단 말인가. 자존심이 상하기까지 했다. 그날 저녁 식탁에서 엄마가 흥분한 목소리로 나섰다.

"여보, 조 담임 선생님은 남, 북한 사람도 구분을 못 하나 봐요. 어느 쪽이냐고 묻더라고요."

"글쎄, 그럴 수도 있겠지."

"뭐라고요? 설마 내가 북한 사람으로 보인다는 거예요?"

"자기가 얼굴에 '나는 남한 사람이오' 이렇게 써 붙이고 다니는 것도 아니잖아."

"어휴, 그만두세요. 꽉 막힌 인간!"

엄마는 가슴을 두드리며 자리를 떴다. 아빠가 물었다.

"반석아, 선생님은 어떠셔?"

"샘 이름은 다나카. 잽이에요!"

내가 쏘아붙이자, 아버지 눈이 휘둥그레졌다. 그런 말을 함부로 쓰면 안 된다며, 이곳 사람들이 한국이라는 나라를 잘 몰라서 그런다며, 미국 애들이 유럽 애들보다 역사에 약해서 그렇다며, 오히려 날 설득하려 나섰다. 여하튼 하와이에서 첫 등교 날은 영 꿀꿀했다.

오늘 반장에게 주먹을 날렸고, 남북한의 관계도 잘 모르는 머저리 선생님에게 들켰다. 물은 이미 엎질러졌다. 나도 모르게 한숨이 터져 나왔다. 오후의 도서실이 내 걱정과 한숨으로 가득 찼다. 밖에서 새들까지 꾸르륵거리며 슬피 울었다. 텅 빈 학교에 달랑 혼자 남은 느낌이라 갑자기 서럽고 무서웠다.

그때 도서실 문이 열렸다. 밀려오는 바람 속에 검은 단발머리가 흩날렸다. 그 아이 머리칼만 봐도 가슴이 설레고 덜컹거렸다. 단발머리는 자기 가방을 등에 메고, 내 가방을 가슴에 안은 채 달려왔다. 내 가방을 보니 오랫동안 못 본 친구를 만난 듯 반가웠다. 아니 그 애 얼굴이 더 반가웠는지도 모른다. 당장 잽 샘에게 벌 받았던 이야기를 꼬치꼬치 털어놓고 하소연하고 싶었다. 그러나 순간 맥이 빠졌다.

'천만에. 얘는 한국 애가 아니야. 한국말도 통하지 않는 애를 붙잡고 나도 미쳤지.'

나는 툴툴거리며 마음을 쓸어내렸다.

"반석!"

그 애가 먼저 불렀다. 내 이름을. 내 마음에 작은 파도가 일었다.

"다나카 선생님이 가방 갖다 주랬어."

"근데 왜 네가?"

"선생님이 아티프에게 네 가방을 갖다 주라고 했대. 아티프는 동생이 끝날 시간이라 뛰어가면서 나에게 가방을 맡겼어. 여기."

"아."

학교 종소리가 마지막으로 울렸다. 도서실 창밖으로 퍼지는 햇살은 유난히 맑다. 교복을 벗어 던지고 이 아이와 단둘이 어디론가 뛰쳐나가고 싶다. 온통 자유로 가득한 세상을 만끽하면서 지는 노을을 보았으면. 이런 마음을 억누르며 그 애와 나란히 앉아 창밖을 보았다. 잠시 말없이. 그러자 사랑은 같은 방향을 함께 바라보는 거라던 생텍쥐페리의 말이 떠올랐다.

창밖의 야자수가 파도 소리를 내며 흔들렸다. 상록수는 계절이 변해도 변하지 않을 초록빛 첫사랑 같을 거야. 가슴이 뛰고 심장이 쿵쾅거렸다. 그 소리가 커서 들킬까 봐 가슴 아래쪽을 눌렀다. 하나 리라는 이름이, 단발머리가, 초록빛 사과 향이 내 세상을 가득 채웠다. 그 애와 눈이 마주칠 때마다 내 마음에 파문이 일었다. 신비로운 세상이 열릴 것만 같았다.

그때 지저귀는 새소리가 불현듯 나를 깨웠다. 뭔가 말을 해야 했다.

"아 아이들도 다 집에 갔어?"

"응."

겨우 꺼낸 말이 아이들도라니. 나는 조바심이 났다.

'제발 우리 이야기를 해야 해!'

그때 하나가 펼쳐 놓은 노트를 보았다.

"이게 '다나카 선생님 스타일'이야."

"칫, 멋진 스타일이시군. 어쩐지 널 보냈다 했더니 역시 너도 한통속이구나."

"그런 의미가 아닌데."

그 애는 엄지손톱을 질근질근 씹기 시작했다. 그러거나 말거나 나는 쏘아붙였다.

"뻔할 뻔 자인데, 거짓말하지 마!"

그 애를 노려보며 후다닥 노트를 덮었다. 100번씩 비인간적인 반성문을 쓰게 한 인간. 내 자존감을 바닥으로 내동댕이친 잽이다. 맨 뒷장의 낙서는 하나에게 절대 들키고 싶지 않았다. 그걸 죽 찢어 내고, 연필을 두 동강 내버렸다. 그 애 얼굴이 하얗게 질렸다.

"반석, 뭐 하는 짓이야?"

"신경 꺼."

나는 찢은 페이지를 호주머니에 쑤셔 넣었다. 그 애는 말없이 가방을 밀어 주고 일어섰다. 그 애가 도서실을 나가자 나도 얼른 뒤따라 나섰다. 입구에 앉은 사서 선생님이 나를 바라보며 눈인사를 했다. 교문을 빠져나올 때쯤, 앞서 걷던 그 애가 교무실 쪽을 가리켰다.

"다나카 선생님께 인사하고 가."

서늘한 말투였다. 나는 잠시 망설였다.

"그래도 그러는 거 아니다."

그 애 말에는 거역할 수 없는 뭔가가 있었다. 잠깐 망설이던 나는 어느새 교무실로 향하고 있었다. 퇴근 준비를 하던 선생님이 돌아보았다.

"조 반석, 오늘 견딜 만했냐?"

샘은 나를 한국식으로 불렀다. 그 한마디에 이상하게도 마음이 풀렸다. 이 인간과 눈도 안 맞추려 했는데, 나는 말 없이 고개를 떨어뜨렸다. 샘이 다가와 내 어깨에 손을 얹었다.

"세상은 더불어 사는 사회야. 살다 보면 뜻대로 안 되는 일이 수두룩할 거다. 자기를 죽여야 할 때가 더러 생기기도 하겠지. 하지만 서로 조금씩 양보하며 참고 인내하며 살아가는 법을 배우는 게 인생이다."

온몸에 뜨거운 전기 같은 게 흐르고 지나갔다.

"반성문 거기 두고 가라."

'까먹지도 않고. 지독한 샘!'

가방에서 반성문 노트를 꺼내 놓았다.

"내일 신문은 실수 없도록."

선생님은 눈을 찡긋하며 돌아섰다. 선생님 뒤에다 대고 인사한 후 교문으로 냅다 달리기 시작했다. 하나는 보이지 않았다. 잠시 망설이다 집 쪽으로 달리기 시작했다.

한참 후 단발머리가 보여 잠시 숨이 멎는 듯했다. 새벽어둠 속이나 희미한 불빛 아래서는 큰 배달 가방을 멘 그 애가 연약하고 지쳐 보였는데, 밝은 햇살 속을 걷는 그 애는 달랐다. 교복 치맛자락에 흔들리는 여름바람처럼 조용히 내 마음을 흔들었다. 뭔가 그 어른스러움이 낯설어, 내 가슴이 화덕처럼 달아올랐다.

하나는 일본어로 꽃이라는 뜻이다. 그런데 왜 성이 이가 아니고 리일까? 하긴 Lee도 Rhee도 똑같이 리로 읽기는 하지. 혹시 중국계일까? 지금 부르지 않으면 영영 그 애 이름을 못 부를지도 모른다. 용기를 냈다.

"잘 가."

갑작스러운 내 목소리에 그 애가 돌아보았다. 나는 숨죽이고 기다렸다. 아랫동네로 가는 갈림길이었다. 그 애가 손을 흔들었다.

"하나! 잘 가."

단발머리가 눈이 휘둥그레져 돌아봤다. 머리가 찰랑거렸다. 자기 이름을 불러 준 게 놀라웠나 보다. 하나가 웃었다. 하얀 이가 유난히 반짝였다. 바람결에 망고 익어 가는 냄새가 훅 풍겨 왔다.

"하나! 내일 새벽에 봐."

하나가 웃었다, 웃었다. 그 애의 웃는 얼굴을 처음 보았다. 이름을 불러 주어 좋은가 보다. 용기를 내서 언제부턴가 연습했던 말을 던졌다.

"내 배달 마치고 내려가 도와줄게."

하나가 펄쩍 뛰었다.

"오 노. 네가 왜?"

"그냥 그러고 싶다."

"너나 잘 하세요!"

그 한마디에 나는 또 기가 죽었다. 하나가 갈림길 아래쪽으로 달려 내려가기 시작했다. 나도 따라 달려갔다. 그 애가 잠깐 돌아보며 화난 듯 외쳤다.

"따라오지 마!"

그 애는 이제 뒤도 돌아보지 않고 달렸다. 그런데 나도 모르게 그 애를 따라 달리고 있었다. 도와주겠다고 괜한 말을 했나 후회하면서. 그 말이 그 애 자존심을 상하게 한 걸까.

그 애가 낡은 나무집 앞에 닿자, 나는 야자나무 뒤로 몸을 숨겼다. 가슴이 쿵쿵 뛰었다. 내가 따라오지 않는 걸 확인하듯 뒤를 돌아보더니, 그 애는 나무집으로 들어갔다. 부서진 나무 울타리 밖으로 깔깔거리는 웃음소리와 고소한 음식 냄새가 새어 나왔다. 월남쌈의 짭조름한 피시 소스와 달콤한 파인애플 향이 정답고도 괜히 슬펐다. 그 향내에 고춧가루를 뒤집어쓴 듯 코끝이 싸해졌다.

빨리 집으로 돌아가고 싶었다. 엄마에게 하루 일을 털어놓고 엉엉 울고만 싶었다. 엄청 긴 하루 이야기를. 돌아서려는데 익숙한 풀이 눈에 들어왔다.

"앗, 깻잎이다!"

나도 모르게 깻잎에 코를 들이댔다. 싸한 향이 온몸을 휘감았다. 아, 한국의 냄새다. 하와이는 햇빛이 강해서, 특히 여름 햇살에 깻잎 향이 진하다고 엄마가 그랬다. 갑자기 가슴이 덜컹거리기 시작했다.

"유일하게 우리 민족만 깻잎을 먹어."라던 엄마 친구의 말이 떠올랐다. 그분은 며칠 전 수소문으로 호쿨라니에 있는 우리 집을 쉽게 찾아왔다.

"미나리 이상으로 잘 번지지. 미국에서 깻잎을 심어 놓은 집은 십중팔구 한국 사람 집이겠거니 했어. 마당 입구의 깻잎만 보고 너희 집인 줄 알았다니까. 주소고 뭐고 따질 필요가 없어."

엄마가 맞장구쳤다.

"아, 맞네. 깻잎은 어떤 땅에 심어도 잘 자라더라."

"세상 어디에서나 뿌리를 내리고 단단히 살아가는 한국 사람을 닮았어."

"그런데 이건 비밀. 북한 사람은 깻잎을 밑씻개로만 썼다는군. 흐흐."

"와, 엄청난 비밀이네."

우리는 비밀 회담 하는 사람들처럼 입을 다물었다.

하나 집을 지나 무성한 깻잎을 손으로 훑으며 걸었다. 반바지 입은 맨살을 깻잎의 까칠한 감촉이 훑고 지나갔다. 알싸한 깻잎 향에 정신이 번쩍 들자, 돌아서서 달리기 시작했다. 그 애가 왜 나를 속였을까?

'속인 것은 아니다. 한국 사람이라고 밝히지 않았을 뿐이지. 베트남 아이일지도 몰라.'

혼란스러운 채 집을 향해 오르기 시작했다. 그래도 걔와 나만 아는 비밀이 생겼다는 기쁨에 가슴이 방망이질 쳤다. 볼이 마구 달아올랐다. 가슴을 펴고 두 손으로 볼을 식혔다. 여전히 진한 깻잎 냄새가 찰떡처럼 달라붙어 따라왔다. 여름이 오고 있었다.

축제

오늘은 2시간 특별 수업 후 학교 축제가 시작되는 날이다. 이 시간에 ESL반은 별도로 수업을 한다. 영어가 모국어가 아닌 학생에게 영어를 가르치는 프로그램인데 학기 시작한 지 한 달 만에 처음 열리는 수업이다. 일본, 중국, 인도네시아, 페루, 칠레의 학생들이 두 줄로 둥그렇게 앉아 있었다. 놀랍게도 내 앞자리에 하나가 보였다. 하나도 영어가 모국어가 아니구나 생각하니 더 가까워질 기회 같아 맘이 설렜다. 그러나 걔와 눈을 맞추려 애썼으나 번번이 실패였다. 수업이 시작되고, 영어 선생님이 나에게 자기소개를 하라고 했다.

"나는 한국 출신이고요, 이곳에 오기 전 텍사스에서 6개월 살았어요."

아이들이 물었다.

"남한인가요, 북한인가요?"

"당연히 한국을 대표하는 것은 남한이지요."

아이들은 또 당연한 것을 따지고 있었다. 미국 학교가 한국 학교보다 역사 교육이 약한 것을 증명이라도 하듯이. 이것은 아빠가 알려 준 사실이긴 했다. 그때 영어 선생님이 말했다.

"여러분이 아는 것처럼 한국은 남한과 북한으로 나뉘어 있어요. 북한이 폐쇄적이라 외부와 거의 단절된 채 고립되어 있죠. 그러니까 조는 남한 출신의 한국인이죠."

"그래서 우리 학교에는 북한 출신 친구가 없군요."

나도 맞장구를 쳤다.

"아마도. 북한은 너무 가난해 남한처럼 외국에 나올 꿈도 못 꾸죠. 북한을 탈출하다 잡히면 집단농장으로 가거나 사형을 당한대요. 한국에서 인기 폭발인 서태지 힙합 댄스를 보는 것도 금지래요."

서태지라는 이름이 나오자, 일본, 중국, 필리핀계 아이들은 자연스레 어깨를 들썩이며 힙합 리듬을 흉내냈다. 나도 어깨를 괜히 으쓱거렸다.

"와, 죽음의 왕국이 따로 없네!"

"우리 아빠는 BBC의 '북한의 실상'이라는 프로 애청자셔."

머리를 갸우뚱하는 나를 눈치챈 듯, 선생님은 BBC는 한국전쟁 이전부터도 북한의 실상을 자세히 보도한 영국 방송이라고 했다. 오히려 한국 내에서보다 외국에서 북한 소식을 더 쉽게 접할 수 있다면서.

"그래도 가끔 용감한 탈북자가 생겨요. 오늘 아침 한국 방송에서 헤엄쳐 두만강을 건너는 탈북자 인터뷰를 봤습니다."

영어 선생님이 조 옆으로 다가왔다.

"자기소개를 잘 했어요. ESL 시간에 세계정치와 사회 공부를 했네요. 북한처럼 폐쇄적인 나라를 보면 우리가 누리는 자유가 얼마나 소중한지 느끼게 되지요. 북한이 하루빨리 남한과 세상을 향해 문을 여는 나라가 되길 바랍니다."

"남북 통일이 이뤄지면 코리아가 아주 크고 강한 나라가 될 겁니다."

"그 날이 빨리 오기를 바란다!"

나는 조용히 자리로 들어와 앉았다. 외국 아이들 앞에서 통일을 이야기하다니, 그것도 영어로! 가슴이 뛰었다. 앞에 앉은 하나를 보니 더 흥분되었다. 그 애도 분명 한국 이야기에 관심을 가질 게 분명했다. 수업 내내 나의 안테나는 그 애에게 꽂혔다. 그러나 그 애는 고개를 숙인 채, 전혀 나를 거들떠보지도 않았다. 그 애에게 다가갈 수도 없었다. 다른 아이들 눈치가 보여서다.

두 번째 시간은 자기가 좋아하는 전통 음식을 이야기하는 문화 수업이었다. 중국 쉔이 월병, 일본 기무라가 화과자, 한국은 내가 송편 이야기를 했다. 하나 차례가 되자 '망고 에스키모'라고 했다. 누군가가 놀란 척 중얼거렸다.

"에스키모인을 먹는다고?"

"그게 전통 음식이야?"

하나가 일어섰다.

"전통 음식은 아니지만 내가 좋아하는 얼음과자입니다."

아이들이 깔깔거리자, 선생님이 말했다.

"좋아하는 음식 발표도 좋아요."

아이들은 이글루에서 사는 에스키모인을 먹느냐며 더 시끌벅적해졌다.

"그럼 식인종이게?"

"에스키모인이 사는 나라에 망고가 날까?"

"너 알래스카에서 왔니?"

그 말에 하나의 어깨가 씩씩거렸다. 두 볼도 벌겋게 달아올랐다. 그러는 하나를 보며 내 속도 시커멓게 타들어 갔다. 개를 놀리는 녀석들을 한 방 먹여주고 싶었다. 수업 시간만 아니라면 저것들을 그냥 한바탕 손봐 주는 건데. 졸개들은 계속 종알거렸다. 한쪽 손톱을 물어뜯으며 하나가 벌떡 일어섰다.

"에스키모는 딱딱한 아이스크림이란 걸 알기나 하니!"

영어 선생님이 고개를 끄덕였다.

"에스키모란 이름이 상당히 상징적인데. 정말 잘 지은 얼음과자 이름이군요. 언어는 그 나라나 지역의 문화를 반영하죠."

선생님은 칠판에 다음과 같이 썼다.

이글루(얼음집) = 아이스크림/아이스케이크

에스키모 = 얼음집에 사는 사람

망고 에스키모 = 망고 얼음집 사람

"언어는 이렇게 창조적이어야 해요. 창조적인 언어는 발전하고, 문학적 성향이 강해져 향기가 납니다. 망고 에스키모. 망고 얼음과자의 사각거리는 소리가 들리지 않나요?"

학생들은 침을 꼴깍 삼켰다. 주위가 물을 뒤집어쓴 듯 조용해졌다. 얼음 사각거리는 소리를 놓치지 않겠다는 듯이.

"우리가 대화할 때 상대방을 존중해 주는 태도를 보이는 것이 중요합니다. 장난일지라도 언어의 도가 지나치면 서로의 감정을 상하게 합니다."

누구도 하나에게 더 묻지 않았다. 모두 잠자코 있었다. 다민족 멜팅팟에 와 사는 이상 서로의 출신 국가를 따지지 않는 게 이들의 불문율이었다. 하나는 동남아나 몽골 어디, 아니면 정말 알래스카 원주민일지도 모른다. 고개를 파묻은 하나의 하얀 목덜미가 언뜻 보였다. 창밖만 바라보며 손톱을 질겅거리는 그 애는 망고 에스키모를 그리워할지도, 두고 온 고향을 생각할지도 모르겠다.

아이들은 다시 하와이 Dole 농장의 파인애플과 망고 얼음과자 이야기로 떠들썩했다. 우윳빛 상큼한 하와이 아이스크림을 생각하며 군침을 삼키기도 했다. 나도 한국의 멜론 얼음과자 '메로나'와 어르신 얼음과자 '비비빅'을 자랑했다. 비비빅은 하와이에서도 한국 가게만 가면 찾는 아빠의 국민 얼음과자다. 아이들은 레드빈(팥)으로 만든 얼음과자가 있냐며 내 설명에 고개를 갸우뚱거렸다. 다른 언어의 상상, 그보다 다른 먹거리의 상상에 저마다 엔도르핀이 솟아 기분이 좋아졌다.

얼마 후 영어 수업이 끝나고, 아이들은 축제 준비로 한창인 자기 교실로 뛰어가기 바빴다.

학교 전체가 벌써 축제 시작으로 들썩이고 있었다. 오늘부터 내일까지 이틀에 걸쳐 축제가 열린다. "코커두들두~!" 여기저기서 닭 우는 소리가 경기의 시작을 알렸다. 이 경기는 4명이 한 조가 되어 기수를 어깨에 얹고 스크럼을 짜 상대방을 공격하여 떨어뜨리는 경기이다. 지금은 그것이 기수의 모자를 뺏는 경기로 변신했다. 닭처럼 퍼덕이다 덮치고 달려드는 모양이라 '닭싸움(치킨 파이트)'이라고 불렀다.

학교 급식장에서는 엄마 자원봉사자들이 시나몬롤(계피빵)을 굽느라 바빴다. 해마다 이맘때면 축제 기금을 모으느라 엄마들이 뭉쳤고, 달콤한 계피 향이 학교 곳곳에 퍼졌다. 엄마들이 교실마다 큰 바구니에 갓 구운 빵을 산더미처럼 배달했다. 어떤 아이들은 빵을 네다섯 봉지씩 집었다. 나도 세 봉지를 집었는데, 한국 아줌마가 오더니 한 봉지를 더 찔러 주었다.

"우리 한국 아이들도 좀 더 사가라. 엄마한테 네 개 값 받아 올래?"

"네, 좋아요."

나는 기꺼이 한 봉지를 더 받았다. 내가 한국 출신이라는 것을 안 것도 신기했지만, 이런 식으로 나라끼리 경쟁하는 게 놀라웠다. 그래, 어디를 가나 한국인이 잘하면 좋지. 우리는 각자 사물함에 빵을 넣고 운동장으로 튀어나갔다.

7학년 '치킨 파이트' 경기 시작을 알리는 방송이 나왔다. 이것은 호쿨라니 중학교의 축제 기간 중 꽃 중의 꽃이었다.

"코커두들두!" 1반이 외치면 "코코코! 코코코!" 2반이 행여 질세라 외쳤다. 어느새 우리 2반 까만 모자 팀과 1반의 빨간 모자 팀이 맞짱을 떴다.

조장으로 뽑힌 나는 우리 반을 총지휘할 참이다. 아이들은 그때 반장과 싸웠던 건 잊은 듯이 나를 대했다. 공부와 상관없이 운동 잘하는 친구가 인기 있는 미국 학교가 맘에 들었다. 나는 친구들이 어려울 때 숭덩숭덩 잘 도와주고 힘든 일에 몸을 사리지 않았다.

별명이 해리포터인 우리 반 해리가 다가왔다.

"조! 네가 왕가방 메고 호쿨라니 언덕에서 신문 배달하는 것 봤어. 너 진짜 멋지더라! 나는 아무리 배달하고 싶다 애원해도 신문사 아저씨가 눈 한번 끔적이지도 않던데."

그제야 신문 배달이 동네 남학생들의 로망이라는 것을 알았다. 그 일엔 건장한 체력과 지구력이 뒷받침되어야 하는 것도 한몫했다. 어떤 부모들은 자녀를 명문고에 넣기 위한 사전작업으로 신문 배달을 시키기도 했다. 그 힘든 업무를 몇 개월이나 해냈다는 일종의 생존 증명서랄까.

"조장, 네 용돈은 네 힘으로?"

"응, 그렇지 뭐."

"와, 부럽!"

해리는 동그란 왕안경 너머로 존경하듯 나를 올려다보았다. 그 모습이 너무 진지해 미안할 정도였다. 그는 꼬마 병정처럼 가벼운 약골로 아직 초등학생처럼 보였다. 나는 해리의 등을 토닥거려 주었다.

"기수가 무거운 게 다는 아니야. 순발력과 약삭빠름이 최고이지."

내가 아이들 반대를 무릅쓰고 추천한 해리였다. 그를 목에 태우고 달리는 연습을 하고 또 했다.

"해리, 목을 더 꽉 잡아! 아티프, 팔라니, 너희들은 내 어깨

꼭 껴!"

구령에 따라 우리 팀은 정신없이 뛰었다. 타들어 가는 것처럼 뜨거운 햇살에 비 오듯 땀이 흘렀다. 그런데도 우리 팀은 명마처럼 서서히 운동장을 누볐다.

7학년 1반 선수들도 유유히 접근해 왔다. 운동장은 구경하는 다른 학년과 응원하는 여자애들로 가득했다. 빵을 굽던 엄마들도 앞치마를 두른 채로 달려 나왔다. 자식이 이기기를 바라는 엄마들 얼굴이 그야말로 호기심 천국이었다.

게임의 규칙을 설명하는 방송이 나왔다. 상대방 기수의 모자를 많이 빼앗는 팀이 승자가 된다. 기수를 끌어내리거나 기수가 아닌 사람의 모자를 빼앗는 건 반칙이다. 이어 경기 시작을 알리는 북소리가 울렸다. 코커두들두~ 코코코~ 함성도 멈추자, 시끄럽던 학교 운동장이 순간 텅 빈 듯했다. 목청껏 울어대던 풀벌레도 숨죽이고 바람마저 잠잠했다. 무섭게 파란 하늘에 쨍한 햇빛만 너울거렸다. '무궁화 꽃이 피었습니다' 게임 속 적막함이 맴돌았다.

"삐리릭!"

호각 소리가 경기 시작을 알렸다. 함성이 터지면서 아이들 뭉치가 움직이기 시작했다. 이곳저곳에서 먼지가 뭉게구름이 되어 떠올랐다.

"코커두들두!"

"쿠쿠쿠~~."

아이들이 외치며 밀려가고 밀려왔다. 전쟁터의 의기충천한 군단 같았다.

"빨강 모자로 돌격!"

내 호령에 스크럼이 출렁이며 흔들거렸다. 먼지구름을 일으키며 쏜살같이 움직였다. 그러나 다음 순간 '아차, 고리가 뚫리면 끝장이다.' 한 스텝 낮추어야 한다. 순식간에 기수가 떨어질 수 있다.

"단단히 어깨 껴!"

빨강 모자들이 닭 볏 들이밀듯 달려들었다. 쿠쿠쿠~. 그들 자체의 전진 속도감에 빨강 모자 기수가 기우뚱했다. 때는 이때다. 젖먹던 힘까지 끌어내 소리쳤다.

"몸 낮추어 돌진!"

우리는 몸을 낮춘 채 무조건 밀어붙였다. 피노키오 일당 같은 빨강 모자들이 뒤뚱거렸다. 나는 목을 앞으로 늘여 해리를 독촉했다.

"앞으로! 뻗어!"

해리가 몸을 솟구치자, 내 어깨가 쓰러질 듯 딸려갔다. 온몸을 기울여 상대편 기수에게 해리를 밀어붙였다. 껑충 몸을 띄운 해리가 가까스로 기수의 빨강 모자에 손이 닿았다. 순간 그들의 단단한 벽이 술렁거렸다.

"지금이다! 뺏는 거야!"

해리를 한 번 더 목에서 띄우며 공격했다. 가까스로 해리가 기수에게서 빨간 모자를 손에 쥐었다. 뒷덜미가 돌아간 듯 내 목이 뻣뻣해졌다. 어깨가 찢어지듯 아팠다. 모자를 쥔 해리가 "뺐었다!" 소리친 순간, 모자가 공중에서 움직였다. 손에서 손으로 이리저리 움직이다 사라졌다. 다른 빨강 모자 팀들이 우리를 에워쌌다.

"조 팀, 집중 공격!"

"검정 모자를 빼앗자!"

그쪽 기수가 우리 팀 기수보다 훌쩍 솟았다. 작고 날렵한 검정 모자 기수와 빨강 모자 기수는 정반대였다. 고질라만 한 덩치가 황금빛 햇살을 등지고 무작정 우리를 돌격해 왔다.

"쥐새끼 같은 기수를 처치하라!"

어디선가 달려온 팀과 합세해 계속 조여 왔다.

"해리포터 안경을 벗겨라!"

"앞을 못 보게 하라!"

벌집을 뺏긴 벌떼처럼 끈질기게 달라붙었다. 나는 다시 키발을 딛고 해리를 높였다. 온몸의 근육이 살아 일어서듯 성이 났다. 목에 해리를 밀착시키려고 젖 먹던 힘까지 다해 악을 썼다.

"해리! 내 목을 두 다리로 조여!"

"아티프, 팔라니, 어깨를 죽도록 껴라!"

우리는 사방으로 부딪치며 발버둥을 쳤다. 바늘 같은 틈이라도 벌 심산으로. 그러나 둘러싼 팀은 벌집처럼 탄탄하고 견고했다. 구원의 구멍이라고는 바늘만큼도 보이지 않았다.

"7학년 2반!"

아우성 속에 목소리가 묻히고, 폭탄을 터뜨린 듯 먼지가 뭉게구름으로 일었다. 빨간 모자들이 혼불처럼 달려들었다. 해리의 검정 모자가 빨강 불꽃의 장난에 위태로웠다. 거의 빨강 모자의 손아귀에 드는 순간, 내가 다시 악을 썼다.

"철수하라. 철수!"

뒤로 주춤할 때, 어디선가 날라 온 주먹이 나를 강타했다. 우두둑 갈비뼈 부러지는 소리에 배를 움켜쥐었다. 이번에는 어깨를 강타하는 힘에 휘청했다. 어깨 마디마디가 문드러지는 것만 같았다. 비명을 지르며 어깨를 펴고 목을 세웠다. 목뼈 마디마디가 떨리어 눈이 감겼다. 그 순간 황금 햇빛 속에 떠오는 기수가 거구의 악마로 보였다.

"해리포터 공격!"

시커먼 덩치가 소리치며 해리를 덮칠 듯 몸을 띄우더니 삽시간에 해리 안경을 채 갔다. 해리 몸이 한쪽으로 쏟아졌다.

'해리를 받쳐야만 한다. 기수가 쓰러지면 끝장이다.'

"앗! 내 안경!"

"해리! 조금만 더 버텨. 내 목을 깍지 껴서 잡아!"

해리는 목을 놓아 울었다. 땀과 눈물이 범벅되어 내 목덜미를 적셨다. 그의 반바지가 닿는 목덜미가 화상을 입은 듯 화끈거렸다.

"히야! 안경이다!"

덩치가 안경을 치켜들었다.

"여기로! 이리 패스!"

빨간 모자들이 혼불처럼 이리저리 손을 뻗쳤다. 안경을 뺏으려 난리굿을 벌였다. 안경에 귀신이라도 붙은 듯 모두가 흥분했고, 누군가가 소리쳤다.

"야, 비겁하다! 규칙 위반이야!"

"선생님 어디 있어? 일러라 일러!"

아이들 목소리가 고장 난 비디오테이프처럼 끊겼다 붙었다 반복되었다.

"본부석에 알려야 해."

"와~! 안경 이리 패스!"

안경은 계속 아이들 손에서 돌고 돌았다. 한쪽 팔로는 해리를 잡은 채, 나도 다른 팔로는 안경을 잡으려고 버둥거렸다.

"뺏기지 마. 저기 저 안경 잡아라!"

기수마다 안경을 잡으려고 허공을 빙빙 돌았다. 이제 '닭싸움'이 '안경 뺏기' 경기로 둔갑했다. 우리 팀이 아직 아웃 되지 않은 덕분에 온갖 힘을 다해 까치발을 디뎠다. 신기하게도 안경이 공중에서 움직이는 게 보였다.

"자! 좋고. 이리 패스! 패스!"

"얏, 잡았다!"

아티프가 안경을 낚아챘다. 그는 안경을 잡자마자, 빨강 모자 찰거머리들을 내리쳤다.

"악, 난 몰라. 안경다리가 부러졌어."

아티프는 힘껏 팔을 뻗어 안경을 올렸다.

"조! 받아! 여기 안경이다."

드디어 안경이 내 손에 들어왔다.

"안경이다!"

그도 잠깐, 해리가 깍지 낀 목이 졸려 숨이 막혔다. 지린 오줌물이 목덜미를 타고 연신 흘러내렸다. 해리의 흐느끼는 진동이 목덜미로 전해졌다. 나는 오줌 냄새를 참고 안경을 높이 올렸다. 그때야 기마병을 응원하던 엄마랑 여자애들이 보였다. 그들은 축하의 함성을 외치며 운동장 가운데로 밀려 나왔다.

운동장에 코커두들두! 승리의 함성이 넘쳐났다. 우리가 움직일 때마다 먼지가 뭉게구름을 만들어 냈다. 그 속에서 부지런히 비디오카메라로 현장을 담는 아이가 있었다. 학교 소식란에 올릴 특종 영상을 찍느라 정신이 없는 그 단발머리를 눈여겨보는 사람은 아무도 없었다.

안경

"찌지직!"

찍찍거리는 금속성 소리가 고막을 찢었다. 이어 호루라기 소리가 귀청을 뒤흔들었다. 막 안경 쥔 팔을 내리려는 순간, 방송이 운동장을 흔들었다.

"7학년 전원, 경기 중지! 규칙을 어기는 경기를 중단합니다."

"거기 안경 가진 학생, 그대로 멈춰!"

안경을 쥔 채 나도 우리 기마대도 모두 그대로 얼어 버렸다. 아웃당하지 않고 살아남은 다른 기마대도 모두 멈췄다. 공중에 피어 오르던 양털 같은 먼지 다발까지 엉거주춤 정지했다. 묘한 긴장감 속에 깃발이 펄럭이며 다가왔다. 그리고 깃발 뒤에서 얼굴이 나타났다.

"맙소사, 넌 반석 조?"

다나카 샘이었다.

"모두 해산! 너희 조는 나를 따라와!"

정지했던 아이들이 하나둘 움직이자 스크럼이 무너지기 시작했다. 내가 팔을 놓으니 해리도 당연히 미끄러져 내렸다. 그는 젖은 바지를 쥐어 잡으며 안절부절못했다. 손을 펴자 한 움큼의 내 머리칼이 나오자, 호주머니에 그것을 쑤셔 넣었다. 계속 눈을 비비며 주위를 두리번거렸다. 손을 허우적거리기까지 하면서.

"안 보여. 내 안경!"

눈도 못 뜬 채 울먹였다.

'앗, 안경이 여태 내 손에 있다니!'

내가 허겁지겁 안경을 해리 손에 건네주는 순간, 호각 소리가 고막을 찢었다.

"안경 움직이지 마. 그대로 들고 따라와!"

안경을 엉거주춤 치켜든 채 나는 다나카 샘을 따라갔다. 정작 안경을 돌리던 녀석들은 다리를 까딱거리며 우리를 동네북 보듯 구경했다. 쌤통이라는 듯 레이저를 쏘아 대면서. 어쩌면 도살장에 끌려가는 소를 바라보듯했다. 다나카 샘이 돌아보며 혀를 찼다.

"반석! 쯧쯧, 너 그렇게 안 봤는데. 어찌 된 일이냐?"

"선생님, 그런 게 아닙니다."

"시끄럽다. 이 경기는 상대방 모자를 뺏는 경기이지, 안경을 뺏는 경기가 아니다. 상대의 약점을 공격하는 건 비열한 일이다!"

"서 선생님, 사실은요……제가."

말을 하려면 할수록 영어가 얼어붙었다. 항상 다나카 샘 앞에만 서면 그랬다. 귀신이 붙어도 단단히 붙은 게 분명했다.

"어쨌든 네가 현장에서 들켰으니 나도 어쩔 수 없다."

"제 말 좀……."

"안경 이리 내!"

천천히 손을 폈다. 한쪽 안경테가 떨어져 나간 채 꼭 쥐었던 쪽은 엿가락처럼 늘어져 있었다. 눈앞이 깜깜했다. 낄낄거리는 아이들 웃음소리가 증폭되어 왔다. 책상에 흙 발자국을 냈던 반장이 "증거를 대 봐, 증거를!" 하며 대들던 소리가 귓전에 윙윙거렸다. 다나카 샘이 중얼거렸다.

"덩치 큰 놈들이 꼭 이 모양이라니까. 덩칫값 좀 해라. 얼굴은 또 그게 뭐고."

'으이그, 또 그 소리. 덩치 큰 놈. 덩치 큰 놈! 제발 그만!'

귀를 막으며 나는 우리 팀을 보았다. 얼굴이 할퀸 자국투성이에 피까지 비쳐 한바탕 쌈질한 전투 요원들 같았다. 그때야 얼굴이 쓰리고 따가운 느낌에 얼굴을 만지작거렸다.

"집에 가서 약들 발라라. 반석 조만 남고 나머지 세 명은 가도 좋아."

아티프가 막 가려다 돌아섰다. 다나카 샘이 그의 눈을 들여다보았다.

"아티프, 너는 가도 돼. 이 일에 상관없잖아."

아티프는 큰 눈을 껌벅이며 뭔가 말하려는 표정이었다. 샘이 고개를 끄덕였다.

"의리의 사나이들이로군. 좋아."

"선생님, 아티프는 동생 픽업하러 가야 합니다."

내 말에 샘이 고개를 끄덕였다.

"좋다. 어쨌든 경기 전에 기수의 모자만 뺏을 수 있다는 규칙을 언급하지 않은 학교의 잘못이 크다. 경기가 이토록 격렬할 줄은 상상도 못 했다. 잘못하면 학부모들의 항의가 들어올 수도 있겠어. 그 외의 다른 모든 짓은 반칙이라고 알려 주었어야만 했어."

샘은 골치 아픈 듯 머리칼을 올리며 고개를 흔들어 댔다.

"전 해리의 안경을 되찾아 주려고 한 것뿐이었어요."

"모자만 뺏으라 했지, 안경은 규정에 없었다고!"

"전 안경을 돌려주려고 그랬다고요!"

내 앙칼진 고함에 샘이 놀란 듯 목소리를 낮추었다.

"나도 너를 이해하긴 한다만, 신고한 사람도 생각해 줘야지."

"선생님, 그게 아니라…… 요."

"그만해라. 모두 정신이 나간 것 같던데. 내가 도착했을 때 안경이 네 손에 있던 게 맘에 걸리더란 말이지."

"누가 같은 팀 친구의 안경을 빼앗겠어요?"

"맞는 말이긴 해. 그러니 먼저 안경을 빼앗은 녀석이 고백해 오면 금상첨화지. 그러나 지금으로선 네가 빼앗지 않았다는 것을 어떻게 증명해야 하지? 어쨌든 기다려 보자."

"……."

'그래, 난 안경을 손에 넣으려고 눈에 뵈는 게 없었나 봐. 안경이 손에 들어왔는데도 해리에게 씌워야 한다는 생각을 왜 하지 못 했을까.'

"스포츠 정신은 간 곳 없고 약하고 힘없는 친구를 놀린 결과가 되었다. 네가 진정으로 페어플레이를 했나 생각해 봐."

페어플레이? 나는 해리를 정당하게 기수로 추천했고, 그 애 안경을 되찾아주려고 최선을 다했어. 그런데 칭찬은커녕 현행범으로 몰리다니! 처음 안경을 앗아 갔던 녀석들은 지금쯤 쾌재를 외치고 있을 거야. 그러니 어찌 인생이 공평하단 말인가.

"팀 경기를 하는 목적은 서로 협력하는 스포츠 정신을 배우기 위해서다."

"……."

"너 자신을 위한 게 아니라 너희 편을 위한 플레이를 했나 생각해 봐."

"우리 팀이 이기려고 엄청 노력했어요. 저 혼자만을 위한 것은 아니었다고요."

"그럼 겸손한 승리자나 당당한 패배자가 되었니?"

순간 머리가 띵 해졌어. 나는 겸손한 승리자였을까? 안경을 손에 쥔 순간 흑조의 거만함으로 으스대며 호령했지. 하지만 친구의 안경을 되찾아주고 싶은 마음만은 진정이었어. 샘이 범인이란 말을 쓰진 않았지만, 나는 지금 범인으로 몰리고 있는 거야. 기분 더럽게 꿀꿀하네.

"내일 1반도 부른 후 조금 더 상황을 지켜보고 결정하자."

"결……정요?" 샘은 내 말이 끝나기도 전에 자리를 떴다. 교무실 문이 쾅 닫혔다. 샘을 향해 열리려던 마음이 두꺼운 얼음장으로 가로막혔다. 정말 악연이다. 잽 샘과는 이걸로 마지막이다.

입술을 깨물며 한참을 서 있었다. 샘에게 처음 불려 갔을 때 선생님의 충고가 떠올랐다. 서로 참고 인내하며 사는 걸 배우는 게 인생이라는 말이 가슴에 와 닿았었다. 그런데 오늘 같은 인생이라면 배울 가치도, 살아야 할 이유도 없다. 이런 억울한 누명을 쓰고 참는 걸 배우라니 말도 안 되는 소리다.

엄마는 항상 말했다.

"우리 아들이 '구두끈을 늦게 매는 걸 못 참는 아이'인 데다, 오지랖이 넓고, 불의를 보면 못 참는 성격이라 항상 손해를 봐요. 캠핑에 가져갈 음식을 배분할 때도 김치나 궂은 음식을 자진해 맡아 오니 참 답답해요. 그래서 밥 먹듯이 제 구박을 받아요. 다른 애들처럼 영악하게 굴면 어디 덧나겠어요?"

하와이 가서 좋겠다며 부러워하던 한국 친구들이 꼴 좋다, 샘통이다 할 거야. 이 소식을 들은 엄마는 혼비백산하시겠지. 동네에 악평이 나서 신문 배달도 끊길지 몰라. 하나 리가 이런 내 꼴을 보면 뭐라 할까.

아~ 하나 리! 우리 둘은 대화도 많이 못 했는데 왜 그 애가 자꾸 떠오르는 걸까? 이런 순간에조차 말이야. 그 애에게 모든 걸 하소연하고 기대고 싶었다. 그러나 그 애는 내가 어떤 아이인지 확실히 알기나 할까. 반장에게 폭력을 가해 반성문을 백 번씩 쓴 녀석, 약한 친구의 안경을 빼앗고 놀린 비겁한 녀석 정도겠지?

하와이에서 첫 번째 축제가 최악의 축제로 끝이 났다. 힘없이 발걸음을 떼었다. 아파트 입구에 서니 아티프가 쫓아왔다.

"……."

"조! 미안해. 나 때문에 네가."

"괜찮아. 너는 몸조심하는 게 좋을 것 같아."

"조, 우리가 신문 배달료 받으면 안경을 살 수 있을 거야. 너무 걱정하지 마."

"그보다 너는 내가 친구 안경이나 뺏고 자랑질하는 나쁜 놈 같냐?"

"그, 그건 아니지. 우리는 한 팀이었고, 너무 잘 알잖아."

"네가 그렇게 생각해 주니 됐다. 아티프, 무슨 일이 있어도 넌 이 일에 연루되면 안 돼. 널 빼고 어떻게든 이 일을 해결하고 말 거야."

"조~ 고맙다."

아티프는 주먹으로 눈물을 훔쳤다. 나는 현관 벨을 누르고 멍하니 서 있었다. 인기척에 아티프는 서둘러 자기 집으로 올라갔다. 엄마가 문을 열었다.

"첫 축제가 너무 재미있었나 보다! 엄청 피곤해 보이네!"

엄마에게 말없이 시나몬롤 봉지를 내밀었다.

"얼마나 신났으면 빵이 이렇게 뭉개졌니? 4개네. 내일 10불 학교에 갖고 가라."

나는 조용히 방으로 들어가 누웠다. 몸이 무너져 내리는 것만 같아 그 길로 잠에 빠져들었다. 얼마를 잤는지 문틈으로 전화 목소리가 들렸다. 꿈인지 생시인지 오락가락했다.

"아, 그랬군요. 아이들이 경기하다 벌어진 일이라. 얼마가 들지 모르겠지만…… 분담……."

전화를 끊는 소리가 들렸고 나는 또 잠에 빠져들었다. 잠에서 깨어난 나는 거실로 나가려다 통화 소리에 서 버렸다. 계속 엄마의 영어 말소리가 들렸다.

“렌즈가 남아 있다면 똑같은 안경테만…… 되겠군요. 같은 테가 있으면 좋겠네요. 하지만 자초지종은…… 조금 시간을…….”

누구의 전화일지 궁금했다. 하기야 해리 엄마 말고는 전화할 사람이 없다. 이런저런 궁리에 머리가 지끈거리다 다시 잠을 청했다.

내 손에서 안경이 젤리처럼 흔적 없이 녹아내렸다. 쥐면 쥘수록 흔적마저 사라졌다. 차라리 안경이 없어지니 마음이 편해 쾌재를 외쳤다. 그런데 진땀으로 흥건한 손바닥에 초강력 접착제처럼 안경이 짝 달라붙어 있었다. 그 안경을 떼어내려 몸부림쳤다.

그러다 침대에서 쿵 떨어지는 순간, “조, 신문 배달 갈 시간이야.” 엄마 목소리가 들렸다. 손바닥을 펴 보니 안경은 없다. 휴, 꿈이었구나. 다시 돌아누웠다. 모래주머니를 단 것처럼 온몸이 무겁고 뜨거웠다. 엄마가 들어와 이마에 손을 얹었다.

“엄마!”

눈을 감은 채 엄마를 불렀다.

“조, 아무 말도 하지 마. 열이 높아.”

눈물이 주르륵 흘러내렸다. 뭔가 할 말을 참는 듯 빨개진 엄마 얼굴이 눈을 감아도 보였다. 엄마는 해열제를 먹이고 차가운 물수건을 머리에 얹어주었다. 나도 모르게 신음이 터져 나왔다. "으음." 여느 때 같으면 엄살 부리지 말라며 호통을 칠 엄마인데. 엄마의 자신만만한 패기가 다 어디로 사라진 걸까. 영어권에 와서 엄마가 변한 걸까?

엄마가 나간 후 조용히 눈물을 훔쳤다. 눈물방울까지 열에 펄펄 끓는 듯 뜨거웠다. 엄마와 아빠는 아무것도 묻지 않았다. 차라리 모든 걸 다 털어놓고 혼나면 속이 시원할 것 같았다. 어제 일을 더듬다가 오전이 지나고 오후가 되었다. 약 기운에 다시 시들어 버렸다. 한참 후, 노크 소리가 났다. 햇살에 눈이 부셔 눈을 찡그리다 다시 감았다.

"조, 나야. 눈을 떠 봐."

해리가 자기 얼굴만 한 안경을 낀 채 웃고 있었다. 해리포터가 왔다며 지팡이를 흔들며 주문을 외웠다.

"아납네오, 아납네오. 아센디오 아센디오!"

"하핫, 무슨 주문?"

"회복 마법의 주문이야."

"그래, 받을게."

"이번엔 번역해 줄게. 빨리 나아라. 목에 걸린 것을 뚫어라, 뚫어라. 반동을 일으켜 튀어 올라라! 올라라!"

"나 때문에 미안해."

"네 덕분에 '빈티지 보이'가 되었으니 걱정하지 마. 봐라, 나

진짜 해리포터 됐다고."

잠자리 안경 속의 작은 눈이 윙크했다. 그의 속삭임에 가슴이 찡해 왔다. 그때 문밖에서 작은 목소리가 들렸다.

"우리도 왔어."

아티프가 하나와 나란히 나타났다.

"반석, 괜찮아?"

나도 모르게 벌떡 일어나 앉았다. 하나가 가까이서 내 이름을 불러 주었다.

"반석, 신문사 소장님이 걱정했어."

그 애가 내 이름을 불러 줄 때마다 심장이 한 번씩 튀어 올랐다. 그 애가 나를 생각하고 있다고 생각하니 도저히 진정이 되지 않았다. 나를 찾아오다니, 분명 기적이다. 매정하게 굶던 아이가 웬일일까. 삽시간에 온몸이 다 나은 듯 벌떡 일어나 앉았다. 여름이 무르익는 계절 속으로 풍덩 함께 빠지고 싶었다.

"쳇, 내가 왔을 땐 누워 엄살 피우더니 하나가, 아니 하나~님이 오시니 다 나았냐?"

내가 해리 귀를 쥐어 잡자 아티프는 손뼉을 쳤다. 어쩌면 내 볼이 발개졌을 게 분명했다. 하나는 아무 말 없이 바라보고만 있었다. 나처럼 덤벙대거나 나서지 않는 새침데기가 정말 멋져 보였다. 그때 아티프가 나를 쿡 찔렀다.

"다나카 샘이 너 아프다고 걱정하던데."

"췟, 병 주고 약 주고네. 나 같은 얼뜨기 현행범만 잡고 사건 끝이야?"

"야, 우리가 있으니 걱정하지 마. 참, 너 오늘 신문 배달에 안 와서 다른 애들이 그 자리 눈독 들이고 있어."

이번에는 오뚝이처럼 벌떡 일어서고 말았다. 아티프가 왕방울 눈을 빙빙 굴리며 놀렸다. 내일이 월급날인 걸 어찌 알았냐면서.

"벌써 월급날인가? 어쨌든 소장님이 오늘 나 때문에 힘들었겠다."

소리 없이 얼굴을 내민 아이는 반장 아키라였다. 7학년 2반, 우리는 한 팀이라 왔다며 나를 믿는다고 말했다. 나는 아키라에게 뭘 믿느냐고 묻지 않았다. 반장이 나를 못살게 군 것을 미안해하기는 했던 터라 서로 서먹한 상태였는데 이번 축제 때 다시 뭉쳤다. 반 대항 때 힘쓰는 내가 필요했던 거다. 우리는 모두 악수를 하고 기분이 좋아졌다. 아티프가 "억울하게 누명 쓴 그대를 구조하러 왔다."라고 설명했다. 난 가슴이 떨렸다.

"오! 인생은 이래서 살맛이 나!"

우리는 충성 서약을 하는 기사단처럼 손을 포개 외쳤다.

"아자, 우리는 한 팀!"

해리가 손을 빼며 코에 걸린 안경을 끌어 올렸다.

"대장이 안경을 찾으러 방향을 바꾸자고 소리쳤지. 그때 안경은 이미 내 얼굴에서 사라진 후였어."

반장이 해리를 얼렀다.

"그러니 최초의 범인을 찾는 게 우리의 임무다. 해리, 잘 생각해 봐. 너는 기수라 범인을 봤을 수도 있을 텐데. 안경을 맨 먼저 채간 녀석 말이야."

그 순간 해리가 흠칫 몸을 떨었다.

"못 봤는데……."

황급히 도리질하던 해리 안경이 코를 지나 목에 걸렸다.

"자슥, 가슴이라도 나왔으면 그곳에 걸릴 건데 아깝다."

"아키라, 너 말 다 했어?"

반장이 안경을 해리 코에 올려놓고 꾹 눌러주었다. 모두 깔깔거리며 하나 눈치를 봤다. 나조차도 구운 오징어처럼 가슴이 졸아들었으나, 하나는 팔짱을 낀 채 중얼거렸다.

"가슴도 절벽인 것들이 쯧쯧."

나는 놀라 하나를 쳐다봤다. ESL 시간에 강한 의사를 표하는 걸 딱 한 번 봤기에. 그의 천연덕스러운 모습에 다소 안심이 되었다. 네 명의 남학생들 속에서 그의 존재감이 살아 있는 듯해서다. 벌써 그 애를 응원하고 있는 내가 이상하기도 했지만 무조건 그 애가 좋았다. 녀석들이 어정쩡 머리를 긁적이고 있는데 해리가 나섰다.

"선생님께 안경을 받아 지문 검사를 해 보는 건 어떨까?"

"역시 해리포터다운 생각이네."

"여러 사람이 땀난 손으로 주무른 그 안경에서 지문이 제대로 나오겠냐? 그리고 나온다면 최후로 쥔 조의 지문이 제일 많이 나오겠지."

아키라의 말에 해리가 실망한 듯했다.

"그럼 그건 취소. 하나, 너도 경기 구경하다 그 악당 혹시 못 봤어?"

하나는 여느 때처럼 차분하게 고개를 저었다. 해리가 고개를 까닥거리며 포켓에서 뭔가를 꺼냈다. 그리고 그것을 양손 사이에 끼웠다.

"조, 이게 뭔지 맞춰 보셈."

"뭐 사건에 도움이 되는 거냐?"

"꼭 그렇다고 할 수는……."

아키라는 해리를 노려보았다. 이야기의 초점을 흐리는 게 못마땅해서다. 아이들이 머리를 맞대고 모여들어 해리의 손바닥을 펴게 했다. 맙소사! 어디서 좀비 머리털 뽑아 왔냐, 돼지 머리털 같다, 사람 머리털 아니냐며 아이들이 몸을 떨었다. 반장이 엄하게 말했다.

"기분 나쁘다. 그런 것 몸에 지니고 다니면 안 돼. 사건에 도움도 안 되는 것으로 시간 낭비하지 마."

"이건 소중한 조의 머리털. 조 어깨 위에서 얼마나 목덜미를 꽉 붙잡았으면 이렇게 머리털이 빠졌게. 얘들아, 나 때문에 누명을 쓴 조를 꼭 구해 줘."

"해리야, 내 주변머리만 뽑혔네. 소갈머리 안 빠지게 해 줘서 고맙다!"

아이들이 내 말에 깔깔거렸다.

'이건 내 말이 아니라 우리 아빠의 단골 용언데!'

해리가 소중한 듯 그것을 다시 주머니에 넣었다.

"이 머리털 말이야. 네 누명이 벗겨지는 날, 나에게 미션이 있어. 이상은 비밀."

아티프가 조용히 말했다.

"내가 해리의 안경을 빼앗은 기수의 뒷모습을 보았어. 심증은 가는데 물증이 없어. 아이들이 엄청 달라붙어서 말이야. 난 장판이라 더욱 아리송하기도 하고."

해리가 말했다.

"그렇지. 선생님이 왔을 때 안경은 이미 그 애 손에서 벗어났거든."

"어쨌거나 너는 기수라 범인을 보았을 게 분명한데."

그 말에 해리가 다시 멈칫했다. 아키라가 해리를 향해 뭔가 추궁하려는 찰나, 노크 소리가 났다. 음료수를 든 엄마가 들어왔다.

"이렇게들 와 주어서 정말 고맙다. 해리, 네 편한 안경이 없어서 불편하겠네."

해리는 괜찮다며 머리를 긁적였다. 엄마는 어쩐 일인지 해리 안경이 바뀐 것까지 알고 있었다.

"친구들이 병문안 온 걸 보니까 기분 좋은데? 우리 조가 그렇게 못되게 굴지는 않았나 보다."

"못되긴요. 우리 반의 킹카인 걸요."

"나서기 선수, 나 서방이고요. 크크"

"야, 내가 언제?"

엄마가 하나를 보며 아는 척을 했다.

"우리 아파트에서 보드 타는 걸 본 것 같은데. 이 아파트 사니? 이름이?"

"하나 리입니다."

엄마가 하나를 파고들까 염려스러워 가슴이 철렁했다. 아래 동네 사는 것도, 좁은 자갈밭 길 아래 초라한 낡은 집도 들키게 하고 싶지 않았다.

"하나 리? 예쁜 이름이네."라며 엄마는 어깨를 으쓱했다. 혹시나 한국 사람이냐고 물을까 봐 조마조마했다. 하나를 엄마에게 들키게 하고 싶지 않았다. 다행히 엄마는 더 묻지 않고 방을 떠났고, 나는 안도의 숨을 내쉬었다.

'엄마도 아이들 앞에서 일일이 국적을 캐 내는 짓을 할 만큼 교양 없는 분은 아니니까.'

친구들도 내일 학교에서 더 상의하자며 몰려 나갔다. 책상 옆에 앉아 있던 하나도 일어섰다. 해리가 살짝 아이들과 쳐져서 남았다.

"선생님이 우리 엄마에게 전화했더라. 그리고 우리 엄마가 너희 엄마에게 전화한다던데. 너희 엄마에게 사실을 미리 고백하던가."

"이미 물 건너갔다."

해리는 복고풍 안경 속의 작은 눈을 끔벅거렸다.

"해리야, 어젯밤 꿈인 줄 알았는데 엄마의 통화가 사실이었어. 엄마는 왜 내게 화를 내지 않는 걸까?"

해리는 콧등으로 흘러 내려온 안경을 만지작거리며 추켜올리기만 했다.

"그러게. 그때 버렸으면 큰일 날 뻔했어. 이렇게 좋은데."

작은 몸통에 잠자리채만큼 큰 안경을 걸친 해리도 방을 나갔다. 나는 얼른 창가로 다가가 집으로 돌아가는 아이들을 내려다보았다.

아티프가 하나와 나란히 걷는 모습에 질투가 났다. 하나는 일부러 한쪽 팔로 깻잎을 스치며 걸었다. 깻잎 향이 내 방까지 올라오는 듯해 코를 킁킁거렸다. 나 혼자 간직한 깻잎의 비밀을 그 애는 모를 것이다. 걔가 우리 집에 오다니 해가 서쪽에서 뜬 게 아닐까. 창밖으로 지는 해를 가늠해 보니 서쪽으로 지고 있었다. 세상은 제대로 돌아가고 있었다.

이상한 일은 아무도 첫 번째 안경의 범인을 목격하지 못했다는 거다. 나는 해리를 목에 태우고 넘어지는 아티프를 세우느라 범인을 볼 시간이 없었다. 그런데 해리의 놀라던 반응이 의외였다. 아티프, 아키라, 하나까지 한 명씩 얼굴을 떠올려 보았다. 생각하면 할수록 도대체가 아리송했다.

하나가 앉았던 의자를 가만히 쓸어 보았다. 아직 그 애의 따뜻한 체온이 남아 있다. 망고 에스키모를 좋아하는 아이. 그 얼음과자는 새콤달콤할까, 사각거릴까, 돌처럼 단단할까. 하나가 살던 곳은 어떤 나라일까? 사철 더워 망고 에스키모가 필요한 나라, 아니면 하얀 눈이 천지를 덮는 알래스카 원주민이 사는 나라? 눈처럼 눈부시던 하나의 목덜미가 떠올라 지그시 눈을 감았다.

"참 좋은 친구들이다. 그런데 하나, 그 애 예쁘게 생겼던데? 어느 나라 아이냐?"

아이들이 갔으니 드디어 엄마의 심문 시간이다. 내가 모른다고 잡아떼도 엄마는 믿지 않을 것이다. 에라, 잠든 척하는 거다. 양심에 좀 거리끼지만 하는 수 없다. 진실이 언젠가는 밝혀질 테지만, 아 나도 모르겠다.

엄마가 방문을 닫고 멀어지는 소리가 들린다.

망고

그때 처음 본 망고는 아직 단단하고 미숙했지만, 손으로 쓰다듬으면 부드러운 감촉이 느껴졌다. 그 애와 나, 우리가 그랬다. 서로를 조심스레 알아 가며, 설렘 속에서 시간이 익어 갔다. 아직 모르는 것 태반이지만 우리가 서로를 좋아한다는 것만은 알고 있었다. 처음 느껴 보는 감정이라서 더 소중하고 아릿했다.

태양이 점점 머리 위로 올라오는 계절. 뜨거운 여름 햇살을 받으며 망고가 반짝이며 익어 간다. 우리의 설익은 감정에 살이 오르고 단단해지듯이. 망고 잎을 스치는 바람처럼 웬 문 두드리는 소리다.

"아들, 이제 괜찮지? 새벽시장 갈래?"

휴, 늦잠 좀 자고 싶었는데. 벌떡 일어나 앉으니 안경 사건이

악몽처럼 떠오른다. 에잇, 내일 일은 내일 생각하자며 자리를 박차고 나갔다.

"배달부가 필요한 거죠?"

"우리 아들 기분 전환 나들이이지 뭐!"

엄마 차는 아파트 길 아래 하와이대학교 기숙사를 지나 호쿨라니 공원 옆길로 들어섰다. 새벽어둠은 여태 간밤의 찹찹한 하와이 향내에 취해 있다. 새벽 산책을 하는 할아버지 할머니가 웃음 가득 알로하, 인사했다. 우리도 힘껏 손을 흔들어 주었다. 이제 아래 동네를 지날 판이다. 내리막길을 지나는데 가슴이 떨렸다. 혹시 하나도 새벽시장 간다고 집에서 나오지나 않을까. 다음 골목을 지날 때까지 가슴이 조마조마해 숨도 크게 못 쉬었다. 엄마가 하나 집 쪽을 가리켰다.

"미국에도 저런 쓰러져 가는 판잣집이 있다는 게 희한하지? 한국에선 상상이나 하겠니?"

엄마가 깻잎 밭을 볼까 봐 얼른 딴전을 피웠다. 깻잎 밭 건너편을 가리키며 소리쳤다.

"엄마, 저 망고나무 좀 보세요."

"와! 하와이 망고는 달기도 일 등급인데 주렁주렁 달렸네."

엄마는 탄성을 내질렀다.

"저거 공짜 아냐? 길가에 있는 거니까."

엄마가 차를 세울 기세다. 어쨌든 하나네 집 쪽으로의 접근은 막아야 한다.

"엄마, 이곳은 길가의 나무라도 함부로 남의 과일 따지 않더라고요. 저 초록 망고는 덜 익었어요."

"저 포도는 시어서 못 먹겠다 이거지. 그런데 우리 아파트 입구에 '오늘 저녁 요리에 허브를 좀 넣으실래요?'라는 팻말 보았니? 파슬리, 로즈메리, 바질을 기른 사람이 쓴 시 같은 글귀. 같은 동네인데도 이 아랫동네와 수준이 영 다르지?"

"아~ 그럼 집에 갈 때 허브 좀 따 가는 게 어때요?"

"역시 시인 아들은 달라."

"엄마도 참~."

허브로 이야기를 돌리는 동안, 차는 이미 하나네 동네를 벗어나고 있었다. 슬그머니 뒤를 돌아보았다. 길가의 망고나무 가지가 하나네 집 안쪽으로 더 많이 뻗어 있다. 초록 열매 사이로 언뜻 노랗고 빨갛게 익어 가는 망고가 보였다. 그 사이로 하나가 나타날 듯해 자꾸 뒤를 돌아보았다.

"조금 이르긴 한데 망고 사 줄게. 비쌀 때 먹는 맏물 과일 맛이 그만이거든."

"아 네, 넹."

"망고 마니아 울 아들, 그런 귀한 첫 수확은 아무나 못 먹죠."

내 머릿속에는 어서 깻잎밭을 통과해야 한다는 생각만 가득했다. 엄마는 깻잎을 보았으면 틀림없이 한국 사람 집일 거라고, 왜 저런 후진 집에 한국 사람이 사는지 모르겠다고, 하와이까지 와서 고생하느니 한국에 사는 게 나을 거라고 끝없이 이야기할 게 뻔했다.

내 걱정과 달리 동네는 죽은 듯 고요하고 하나도 나타나지 않았다. 엄마에게 하나를 비밀로 하고 싶지만 이건 시간문제다. 언제 엄마가 아랫동네까지 진출할지 모른다. 아직은 우리 아파트까지가 엄마의 행동반경이지만.

엄마 차는 드디어 새벽시장에 도착했다. 그 시장은 기아모쿠학교와 그 옆 수영장의 주차장을 막아 목요일 새벽에만 열리는 이른바 '오픈 마켓'이다. 자기 뜰에 소규모로 채소나 과일을 가꾸어 팔기에 싱싱하고 가격이 싼 편이다. 현금 거래만 해도 정부에서 눈감아 주는 서민용 시장이다. 그곳은 가무잡잡한 얼굴의 나라 사람들이 유난히 우세했다. 동남아 이민자들에서부터 일본, 중국, 한국인과 폴리네시안, 하와이안, 하올리 등 인종 전시장에 온 듯하다.

이곳 사람들은 일찍 자고 일찍 일어나는 새 나라의 어린이들이다. 우리 집은 가족 모두가 잠꾸러기라 새벽시장이 열리는 날은 전날부터 벼르고 별러야 한다. 엄마가 호들갑을 떨며 좋아했다.

"아들, 저 파파야 파는 꼬마 좀 봐. 저거 한 개 사 주자."

엄마는 아이에게 파파야를 샀다. 폴리네시안 파파야 장수는 볼이 풍선처럼 탱탱한 아들이 파파야를 파는 모습을 흐뭇하게 바라보았다. 엄마가 돌아서다 나를 가리키며 꼬마에게 말했다.

"얘야, 넌 최고야. 근데 이 형아도 신문 배달하거든?"

아이코! 이게 울 엄마다. 나는 엄마 손을 잡아끌어 다른 곳으로 갔다.

엄마 아빠는 여행 중에도 시장만 보면 꼭 들렀다. 일하기 귀찮다고 엄마들이 채소를 안 산다던데 우리 엄만 '하고지비'다. 부산 사투리로 '뭐든 다 하고 싶어 못 견디는 사람'이라는 뜻이다. 가끔 엄마 때문에 게임 할 시간을 뺏겨 시장 동행하는 시간이 아깝지만 하고지비의 열성을 이길 수는 없다. 그래서 아빠와 나는 충직한 배달꾼이 된다.

새벽시장 예찬론자인 엄마는 혼자 북 치고 장구 치고 다 한다. 영어 학교에서 배운 단어를 잊지 않고 써 먹는다. 오늘은 파파야 아저씨에게 엄지 척을 했다.

"오, 진정한 그린썸(초록 엄지: 식물을 잘 키우는 사람)이십니다!"

채소 파는 사람들은 엄마의 허풍에 허허 웃는다. 기분 좋아 풋고추 하나라도 더 얹어주는 곳이 새벽시장이다. 엄마의 감탄은 계속된다.

"이 빨주노초 피망 좀 봐. 아이 귀여워 미치겠네!"

"오, 사각사각 녹을 것만 같아요. 이 콩나물!"

인심 좋은 필리핀 아줌마는 풋풋한 콩나물을 한 주먹 더 뽑아 준다. 콩나물을 먹는 민족도 한국 사람뿐이라 필리핀 아줌마는 단골 엄마에게 인사를 잊지 않는다.

"여기 장사 중에 북한 사람도 있다던데 뭘 파는지는 잘 모르겠네."

나도 덩달아 한번 훑어본다. 비름나물, 베트남 민트와 청갓, 흙냄새 나는 우엉 등은 일반 슈퍼에서는 구경도 못 하는 귀한 채소이다. 좌판 구석에 손바닥만큼 놓인 깻잎을 보자 갑자기 하나 생각이 난다.

'하나도 깻잎을 따오면 돈을 좀 벌 텐데.'

에고, 이 오지랖. 내가 또 괜한 생각을 했다. 그 애가 새벽에 신문 배달을 하는 알뜰족 같아 그런 상상을 해 본 거다. 한국 사람만 먹는 깻잎이라면 사갈 사람도 없을 것이다. 우리 엄마까지도 깻잎을 집에서 가꾸어 먹는 걸 보면 말이다.

엄마는 과일을 더 돌아보겠다며, 장 보따리를 차에 갖다 놓으라고 했다. 나는 차 키를 받아 쥐고 보따리를 불끈 들었다. 열났던 것도 삼천 리는 달아난 채 신이 난 발걸음이 가볍다. 싱싱한 채소가 살아 펄떡거리는 것 같아 기분이 좋다. 차에 막 도착한 순간, 뒤에서 여자애 비명이 귀청을 찢었다.

"엄마야!"

끼익~ 자전거 급정거 소리가 뒤섞여 메아리쳤다.

"아이고!"

귀를 의심하며 순간 멈칫했다.

'한국 사람이다!'

나는 번개처럼 돌아섰다. 다행히 자전거가 급정거했고, 사람은 다치지 않은 것 같았다. 사람들이 우르르 돌아봤다.

"OMG!"

"큰일 날 뻔했네!"

"사람 안 다쳐 다행이네."

쓰러진 자전거 옆에 망고 바구니가 나뒹굴고 있었다. 시멘트 바닥에 빨강 노랑 망고가 제멋대로 나뒹굴고, 더러는 터진 사이로 눅진한 과즙이 흘러나왔다. 어느새 타는 듯한 태양이 시멘트 주차장에 레이저를 쏘아대고, 단내를 맡은 쉬파리가 떼를 지어 술 취한 듯 비틀거렸다. 그 옆으로는 야구 모자를 눌러쓴 여자애가 엎드려 망고를 줍고 있었다. 작은 어깨가 나비처럼 부지런히 움직였다.

자전거를 세운 남자가 잠시 소녀 주변을 서성거리다 망고를 바구니에 주워 담기 시작했다. 누가 먼저 부딪쳤는지, 누가 먼저 일을 저질렀는지 물을 경황도 없다. 지나가던 아줌마 아저씨가 멀리 굴러간 망고를 집어 바구니에 넣기도 했다. 나도 도와주고 싶은 마음에 망고로 다가갔다. 구석에 처박힌 자그마한 초록 망고를 쥔 순간 하나네 망고나무가 떠올랐다.

"어휴, 이런 못난이도 팔릴까?"

바구니를 든 여자애가 고개를 획 들었다.

"흥! 왜 콩 나와라, 팥 나와라 간섭하는데."

나는 허겁지겁 망고를 건네주며 사과했다.

"미안!"

여자애가 고개를 들어 망고를 받으려다 멈췄다.

"앗, 너 너는?"

"하나!"

하나는 야구 모자를 푹 눌러 쓰며 얼굴을 거의 가렸다.

"아까 한국말 비명이 들렸는데, 하나 너였구나."

그 애는 얼굴이 발개져 씩씩거렸다. 입을 꾹 다문 채.

'아차, 나 또 실수한 거다.'

발을 동동 굴렀다. 그런 말은 하지 말았어야 했다. 돌대가리를 콩콩 두들겼다.

'이제 영어를 써야만 해. 여기는 미국이야.'

망고 바구니를 잡으며 물었다.

"망고 바구니 들어다 줄게. 네 판매대가 어디야?"

"꺼져."

하나에게서 찬바람이 일었다. 나는 망고 바구니에서 손을 떼지도 잡지도 못한 채 엉거주춤 주위를 둘러보았다. 다행히 우리에게 신경 쓰는 사람은 없었다. 멀리 과일 판매대 구석에 아보카도와 망고 몇 알이 보였다. 구릿빛 얼굴의 동양 아저씨가 이쪽을 바라보는 느낌이 들었다.

"어디야? 저 아저씨 쪽?" 바구니를 들고 걸음을 떼기 시작한 순간, 하나가 날카롭게 소리쳤다.

"노!"

외마디 절규가 빈 주차장을 울렸다. 난 너무 놀라 바구니를 떨어뜨릴 뻔했다. 가슴이 쿵쾅거렸다. 괜히 나서서 남에게 상처를 주다니. 가만히 있으면 2등은 간다던 엄마의 잔소리가 현실이 되었다. 시커먼 쉬파리가 떼갈 듯 달라붙은 터진 망고만 멍하니 바라보았다.

빨강 노랑 탱글탱글 하와이 망고야
망고 꽃 맺으려던 뜨거운 여름의 숨결 모아
거센 비바람에도 매달리려 안간힘 쓰더니
한 번 떨어져 속살이 멍들고 터진 날
맏물의 달콤함 순식간에 사라졌구나
씨앗 발라 깁고 기워 닦아 주면
새살 돋아 샛노란 망고 속살로 다시 태어나 주련.

그 순간 날카로운 목소리가 내 귀청을 찢었다.

"그만 꺼져!"

'아, 그렇지. 하나의 망고가 박살 났었지.'

정신을 가다듬고 바구니를 내려놓았다.

"으응. 여기 놓을게."

"다시는 내 앞에 나타나지 마! 자꾸 스토킹하지 말라고!"

나는 눈앞이 캄캄했다. 머릿속이 하얘졌다. 주억거리며 돌아서는데, 이번엔 엄마 소프라노 목소리다.

"아들, 어디 갔어? 채소 다 시들겠다!"

허겁지겁 차로 달려가 엄마에게 문을 열어 주었다. 보따리를 불끈 들어 넣자 엄마 차가 주차장을 빠져나가기 시작했다. 차창을 내리지 않은 채 창밖을 보았다. 하나가 바구니를 들고 망고 아저씨의 판매대로 갔다. 동양인 아저씨가 서둘러 바구니를 받았다. 야구 모자를 눌러쓴 하나가 점점 작아졌다. 나는 멍하니 창밖만 바라보았다. 그때 엄마가 정적을 깼다.

"조, 오늘 해리 엄마랑 만나기로 했다."

나는 고개만 끄덕였다.

"착한 사람 같던데 너무 걱정하지 마라. 만나고 와서 이야기해 줄게."

"엄마~."

"괜찮아. 엄만 다 알고 있다. 아들을 믿어."

순간 가슴이 뜨거워졌다. 그리고 먹먹해졌다.

"엄마!"

엄마 차는 달리기 시작했다. 나는 팔짱을 낀 채 눈을 감고 좌석에 몸을 묻었다. 차를 멈추지 않고 끝없이 계속 달리게 할 수는 없을까. 어디론가 달아날 수만 있다면……. 일어난 사건을 원점으로 돌릴 수는 없는 걸까. 안경과 망고가 눈앞에서 교차하며 춤을 추었다.

차 뒤 트렁크에서 달콤한 망고 향이 새어 나왔다. 하지만 이제 그것은 더는 달콤하지도 상큼하지도 않았다. 주차장 바닥에 고인 끈적이던 망고즙에 하나의 얼굴이 겹쳐 어른거린다. 탱글탱글 예쁜 망고가 그렇게 쉽게 깨어질 수는 없는 거다. 한 번 터진 망고는 되돌릴 수 없어. 깨질까 두려워하며 조심스레 다루어야만 했어.

하나가 한국말을 했다! 그런데 왜 그걸 비밀로 하는 걸까. 한국말을 한 것이 기쁘기도 하고 불길한 느낌도 들었다. 어제는 나를 돕겠다고 집에 왔던 하나가 오늘은 180도 변했다. 스토킹하지 말라고 큰소리를 치다니! 나를 털벌레 보듯 싫어했다. 어제는 문병까지 오더니 오늘은 그 애와 마지막이다. 온몸이 심연으로 끝없이 빠져든다. '여자는 변덕이 죽 끓듯 하는 존재'라고 아티프가 형처럼 알려 주긴 했지만 말이다. 녀석도 하나와 썸이 있었던 게 분명하다. 그렇지 않고는 여자의 마음을 알 도리가 없을 거다.

'하지만 그 애가 한국말을 쓰다니 한 줄기 희망이 있어. 어둠

속에 흔들리는 공유의 불꽃!'

나도 몰래 벌떡 일어서자 엄마가 다독였다. 뭔가를 눈치챈 걸까.

"조반석, 덤벙거리는 건 금물. 알지? 돌다리도 두들겨 가라니까."

그때야 덜컥 조이던 안전띠를 만져 본다.

"새벽시장에 장사하는 한국인이 느는 것 같지?"

"네, 그런 거 같아요."

다시 자리에 앉는다. 차창 밖은 온통 초록이다.

덩치

집에 오니 BBC에서 한국 뉴스가 한창이었다. 엄마는 아들의 영어 듣기 실력을 늘려야 한다며 한국 방송 보는 아빠를 항상 못마땅해한다. 내가 TV 보는 걸 알면 아빠는 즉시 채널을 바꾸어야 한다. 아빠가 주눅 드는 게 싫어 나는 까치발로 살짝 내 방으로 들어갔다. 아니나 다를까 엄마가 소리쳤다.

"여보, 또 아침부터 무슨 한국 방송이에요."

"잠깐만. 저 탈북자만 보고. 저 여자가 브로커에게 두 번이나 사기당했대. 두만강을 건너 중국으로 빼주기로 했는데."

"휴, 벼룩의 간을 빼먹지."

"비가 퍼붓기 시작했고 강물이 불은 다음에야 중국까지 건네줄 브로커가 나타난 거야."

엄마가 TV 앞으로 가더니 비명을 질렀다. 코맹맹이 소리까지 해대며 엄마가 더 난리였다. 아빠도 계속 중계방송을 했다.

"아이고. 강을 건너다 어린 아들을 놓쳤다네. 물살에 쓸려 갔나 봐. 저걸 어째."

"불빛 하나 없는 야밤에 강물까지 불었으니 쯧쯧."

"남한에 와 자유를 찾는다 해도 가족을 잃으면 무슨 소용이야. 자식 잃고 혼자 살아 무슨 빛을 보겠다고."

나도 슬그머니 고개를 내밀고 발을 동동 굴렀다. 그들은 왜 자유와 가족 둘 다 가질 수 없는 걸까. 우리와 똑같은 동족인데 그저 나쁜 운을 타고 북한에 태어났을 뿐이다. 북한을 벗어나려는 탈북민 숫자가 매년 불어나며, 남한에 적응하지 못해 북한으로 다시 돌아가거나 스스로 목숨을 끊는 사람도 늘고 있다고 했다. 엄마가 TV를 껐다.

"애 학교 갈 시간인데 왜 쓸데없는 방송은 틀어 놓냐고요."

아빠가 나를 보며 눈을 찡긋했다.

"조도 국제 정세를 알 나이야. 이게 한국만의 이야기가 아니야. 세상이 정말 좁아지고 있어. 미국의 끝자락인 이곳 하와이까지 세계 여러 나라의 난민들뿐 아니라 탈북민들이 들어온다는데."

"이곳 호놀룰루도 탈북민 숫자가 늘고 있대요. 하와이만큼 유색 인종이 살기 편한 곳이 또 어디 있겠어요. 천국이지 천국."

엄마가 식탁에서 소리쳤다.

"천국에 오신 고객님들, 빵이 떨어져 미안. 물만두가 아침 메뉴입니다!"

식탁의 만두를 보니 다나카 샘의 도시락이 생각났다. 반장과 싸워 교무실에 불려 간 날 투명한 도시락 속에 나란히 앉아 있던 왕만두 4개. 한국에서 냉면집 가면 아빠가 1인당 1개씩만 시켜 항상 불만이던 왕만두였다. 냉면 곱빼기에 왕만두 2개는 똥배 나온다면서.

"엄마, 한국에서 먹던 냉면집 왕만두 있잖아요?"

"아, 이북식 왕만두? 울 아들, 먹고 싶구나."

"아니 다나카 선생님 도시락에…."

말이 끝나기도 전에 엄마가 끼어들었다.

"다나카 샘도 왕만두 마니아?"

"아마도."

"저녁에 사리원랭면 왕만두 투어 간다. 빨리 학교 가라, 늦겠어. 해리 엄마랑 통화했거든."

안경 사건을 잠깐 잊고 있었는데. 그 말을 들으니 화가 솟구치고 열이 났다. 열난다고 다시 드러누워 버릴까? 엄마가 용납할 리 어림 반 푼어치도 없다. 씩씩거리며 일부러 운동화 뒤축을 구부려 신었다. 아빠가 엄마와 나를 번갈아 보며 말했다.

"조, 다행히 엄마 호출은 아니니 안심해도 돼."

"그래서 그나마 꾹 참았던 거예요. 조, 너 학교에서 너무 나서지 마."

"걱정하지 마. 우리 아들 나서기 나 서방 아니거든요, 조 서방이지. 흐흐"

아빠가 내 기분을 살폈다. 우리는 아파트를 내려와 학교 길로 접어들었다.

"밤에는 비바람 치더니 아침부터 푹푹 삶아 댄다, 그치? 저녁엔 시원한 '사리원랭면' 트립이다."

"아빠, 사리원이 냉면 이름인가요?"

사리원은 북한의 평양 남쪽에 있는 도시 이름이라고 했다. 한국에도 냉면집이 많이 있는데 함흥냉면, 평양냉면, 사리원냉면이 유명하다. 북한 음식으로 제일 유명한 게 냉면인데, 6.25 전쟁 후 남하한 이북 사람들이 운영하는 식당이 많단다.

"그럼 저녁에 갈 곳도 북한 음식점일까요?"

"대개 한국 사람들이 북한 이름만 걸고 하는 곳이 많아."

"그러면 안심해도 되겠네요. 북한 사람과 만나면 한국에 돌아가 경찰에 신고해야 하는 거 아닌가요?"

"아들, 걱정은 금물. 여기 있는 탈북자들이 '동포'이지만 혹시 '공작원이 아닐까?' 경계를 많이 했지. 하지만 한국 정부에서 막 햇볕정책을 시작했으니 북한 주민을 우리의 형제로 생각하도록 노력해야지."

"그래도 저는 북한 사람 만날까 봐 무서워요."

"무섭긴. 북한 사람도 우리처럼 한국말을 하고 한복을 즐겨 입었으니 같은 문화를 가진 민족이다. 6.25로 남북이 나뉜 지 오래되어 문화가 많이 달라지긴 했지만. 북한 정부 하는 짓이 무서운 거지 북한 사람들은 우리와 같은 민족이야."

'한국말……. 그랬지.'

갑자기 하나가 날카로운 비명을 지르던 새벽시장이 떠올랐다. 그걸 지우려는 듯 나는 앞서가며 아빠와 헤어졌다. 학교 급식실 모퉁이를 걷는데 아티프가 보였다. 해리, 아키라도 나타났다.

"너희들 웬일?"

아키라가 나섰다.

"우리가 해결사 하기로 했거든. 맨 처음 해리 안경을 빼앗아간 녀석을 찾아내야만 해. 그래서 여기서 모이기로."

해리가 두리번거리며 말했다.

"아티프, 왜 네 여친은 안 데려왔어?"

"자식, 여친은 무슨. 그냥 친구야. 근데 안 오겠대."

아티프 볼이 붉어졌다. 내 가슴도 마구 덜컹거렸다. 새벽시장에서 하나와 나의 일을 목격한 애는 아무도 없으니 다행이다. 하나가 "노!"라고 절규하던 게 떠올라 가슴이 조여 온다. 한국말을 할 줄 아는 게 우리 사이를 갈라놓았다. 영영 돌아설 수 없는 강을 건넌 것만 같다. 말하지 않아도 그저 좋았는데, ESL

시간이나마 같은 교실에서 같이 숨 쉰다는 기쁨이 내 세상을 가득 채웠는데, 이제 맥이 빠지고 기쁨이 사라졌다.

누군가가 어깨를 잡았다.

"조, 무슨 일 있었어? 아직 안 나은 거냐?"

퍼뜩 고개를 드니 아티프였다. 내 일에 간섭하지 말라고, 네 여친 관리나 잘 하라고, 하나를 그냥 친구인 척하지 말라고, 한 방 먹여 주고 싶었다. 쌍꺼풀 눈을 껌벅이는 그의 모습이 위선 같아 보였다. 그때 아키라가 손뼉을 쳤다.

"그거야. 아줌마랑 여자애들이 우리 닭싸움 지켜보았잖아."

"그래, 말들이 가는 대로 쫓아다니며 구경했지."

해리가 다시 나섰다.

"아티프, 하나가 분명 우리 사진을 찍었을 것 같아. 네 여친이 찍은 사진 좀 공개하라고 해."

"여친 아니다. 친구라니까 왜 자꾸 까불어?"

내가 나섰다.

"해리, 아티프가 싫다는 짓을 왜 자꾸 하냐. 줏대 없는 녀석!"

해리의 얼굴이 하얘졌다. 그러거나 말거나, 나는 하나가 아티프의 여친이 아님을 확인하고 싶었다. 아니 그들이 좋아한다는 사실을 무시하고 싶은 심산이었다. 그렇게 순한 아티프가 화를 내다니! 그건 진짜 좋아한다는 표현이 아닐까. 해리가 안경을 눌러쓰며 소리쳤다.

"빙고! 하나가 학교 소식지 사진 편집위원이야. 걔에겐 없는 사진 빼고 다 있을 거야."

해리가 따발총처럼 쏘아댔다. 둘은 학교 편집위원 사진기자 모집 때 지원했다가 자기는 떨어졌고, 하나는 합격해서 계속 활동하는 거라 했다.

"나는 되는 게 없는 놈이야. 신문 배달은 지원하기도 전에 자격 미달이고, 사진기자도 그래."

"난 이 덩치 때문에 체조 기구 근처에도 못 가잖아. 넌 날렵한 기계체조 선수니 얼마나 자랑스러워?"

내 말에 해리 얼굴이 펴졌다.

"그래. 작은 고추가 맵지. 어쨌든 너희 둘 월급날 피자 사는 것 잊지 마. 내가 스토킹하고 있으니 허튼수작하면 안 돼."

"알겠나이다. 해리포터님."

"으윽, 사실은 그 못된 놈만 빼면 내 인생도 화마가 될 수 있는데."

"아! 화려한 마법사?"

"빙고. 내 꿈은 끝나지 않았어. 해리 화~마!"

시작종이 울리고 아이들이 교실로 몰려 들어왔다. 해리와 더는 대화를 나눌 수가 없었다. 그가 한 말이 자꾸 생각났다. 못된 놈 때문에 화마가 못 된다고. 그러고 보니 해리가 왕따 당하는 걸 본 것 같기도 했다. 그 못된 놈, 왕따 대장이 도대체 누구인지 교실을 둘러보았다.

옆자리의 아티프는 큰 눈을 내리깐 채 말이 없다. 반장 아키라도 수업 준비를 하고 있다. '해결사' 가운데 한 명인 리하나만 1반이다. 리하나가 그럴 리는 없다. 그렇다면 누구? 나는 계속 왕따 대장을 그려 보았다. 그때 해리가 아티프에게 다가가 속삭였다.

"아티프, 쉬는 시간에 하나를 만나고 점심시간에 결과 보고하기다!"

아티프는 말없이 큰 눈만 연신 껌벅였다. 곧 다나카 선생님이 들어왔다. 아이들을 훑어보다 나에게 눈길이 멈췄다.

"반석, 이제 다 나았냐? 열도 내렸고?"

고개만 끄덕이는 나에게 선생님도 더 묻지 않았다. 뭘 배우는지도 모른 채 수업 시간이 흘러갔다. 머리가 아프더니 배까지 콕콕 쑤시기 시작했다. 새벽부터 일생일대의 끔찍한 일을 겪은 데다, 만두를 먹은 게 체한 것만 같았다.

수업이 끝나자마자 화장실로 달려갔다. 막 화장실 입구로 들어가려는데 덩치 큰 녀석의 뒷모습에 가로막혔다. 무작정 밀고 들어가려다 덩치의 기세에 우선 멈췄다. 나도 한 덩치 하는데 이 녀석 덩치는 장난이 아니었다. 어깨 쩍, 머리 불쑥. 나보다 머리가 하나는 더 있을 정도의 키였다. 자세히 보니 1반 덩치로 유명한 코아라는 아이였다. 힘세기로 소문이 자자한 폴리네시안 녀석. 내가 전학 온 탓에 늦게야 정보를 입수한 터였다.

덩치 옆으로 교복 치마 끝이 살짝 보였다. 넓적한 등판 때문에 마주 선 여자애가 잘 보이지 않았다. 뭔가 말소리가 들리다 끊어지기를 반복했다. 나는 얼른 기둥 뒤로 몸을 숨겼다.

"야, 다 지웠지?"

여자애가 가만히 있었다. 나는 귀를 쫑긋 세웠다.

"……내 부분……."

"그럼~."

"당근이지. 울 아빠가 이민국에서."

"……."

"그런데 저녁때까지다. 알지?"

덩치 코아가 자기 목을 긋는 시늉을 했다. 멀리서 보기에도 살기가 느껴져 으스스 몸이 떨렸다. 토막토막 들리는 말로 미루어 모종의 흥정이 이뤄지고 있었다. 소름이 돋았다. 마약에 연루된 사건이 아닐까.

배가 꾸르륵거리며 아파 왔다. 다급해진 나는 무조건 화장실로 뛰어들다 덩치 앞의 여자애와 눈이 마주쳤다. 그 애가 화들짝 놀라며 눈을 돌렸다. 나도 모르게 소리쳤다.

"앗! 하나!"

하나와 코아를 반복해 바라보았다. 코아가 눈치를 보며 목을 긋는 시늉을 반복했다. 부연 황금빛 태양 속으로 그의 시커먼 실루엣이 멀어져 갔다. 뭔가 어디서 본 듯한 기시감이 느껴졌다. 생각이 날 듯 말 듯 머리를 바삐 돌렸다. 다시 녀석 목소리가 들려왔다.

"저녁때까지다. 알지?"

덩치의 실루엣이 정오의 태양 속으로 멀어져 갔다.

'앗! 황금 해를 등지고 마귀처럼 번져 보이던 저 괴물!'

옆에서 후다닥 움직이는 소리가 났다.

"제발 내 일에 끼어들지 마."

소리치며 교복 치마가 멀어져 갔다. 새벽시장에서 야구모자로 변신했던 애, 바로 그 아이다. 한 번도 가까이 말도 못 붙인 채 멀어져 갔던. 나는 달아나는 덩치를 향해 소리쳤다.

"야 인마! 너 학교 끝나고 기다려!"

그가 몸을 돌려 목을 긋는 시늉을 했다. 약이 오른 나는 더 크게 외쳤다.

"비열한 새끼. 여자를 위협해?"

화장실에서 나오던 애가 나를 힐끗거렸다. 급기야 나는 화장실로 뛰어들었다. 씩씩거리면서 한바탕 설사를 하고 하니 새 세상 만나듯 광명이 찾아왔다. 식은땀이 노폐물과 함께 줄줄 흘러내렸다. 새벽부터 온몸에 쌓아 둔 스트레스 찌꺼기인 게 분명했다. 생애 최고의 다이어트로 기록될 듯, 바지가 헐렁하니 기분이 좋다. 이럴 때 하나를 만나야 하는 건데 망했다.

서둘러 나온 후, 하나가 서 있던 자리부터 살폈다. 아니나 다를까 그곳은 텅 비어 있었다. 아까 헛것을 본 게 아니었을까. 눈을 비비며 주위를 둘러보았다. 뜨거운 바람이 한바탕 쓸고 가더니, 여름 풀벌레가 찌르듯 울기 시작했다. 운동장 바닥에, 나뭇잎 위에, 어딘가 보이지 않는 수천 개의 작은 심장들이 동시에 고동치는 소리 같았다. 여름이 성난 듯 달려오고 있었다.

여름

뜨거워지는 태양을 인 하늘은 시퍼렇고, 너울거리는 해풍은 초록 야자수를 마구 흔들어댔다. 화장실의 낮은 양철지붕에 반사된 햇빛이 부서져 내려 눈을 뜰 수 없었다. 어느새 눈을 감은 채 달리기 시작했다. 막 수업이 시작되고 있었다. 선생님 눈치를 보며 조용히 뒷자리에 가 앉았다.

나머지 수업이 어떻게 지났는지 모른 채로 점심시간이 되었다. 하나와 덩치 얼굴이 오락가락했다. 하나가 나쁜 일에 걸려들고 있다는 불안감이 오락가락했다. 쉬는 시간이 되었고, 해결사 팀이 모였고, 아티프가 말했다.

"하나가 우리 그룹에서 빠지겠대."

"갑자기 왜?"

"그거야 나도 모르지."

화장실 앞에서의 사건이 선명히 떠올랐다. 덩치와 하나의 행동에 분명 뭔가 구린 데가 있었다. 하나가 어제 우리 집까지 올 때는 나를 도우려는 게 분명했다. 그런데 오늘 새벽엔 나를 스토킹쟁이로 몰아가더니 지금은 완전히 변했다. 그런데도 나는 왜 걔에게 자꾸 맘이 끌리는 걸까. 모든 걸 잊자고 머리를 힘차게 흔들었다. 그러면 그럴수록 그 애가 더 어른거렸다. 갑작스러운 해리 목소리에 눈을 들었다.

"아티프, 여친 관리에 좀 더 신경을 써야 하는 거 아니야?"

아티프가 버럭 화를 내며 해리 복부를 강타했다. 해리가 비틀거리자 잠자리 안경이 목까지 흘러내렸다. 해리를 잡아 세우며 내가 소리쳤다.

"해리, 제발 그만. 아티프가 아니라면 아닌 거지 왜 그리 하나에게 관심이 많아?"

해리가 볼이 부어 투덜거렸다.

"나도 하나가 좋아서 그래. 그런데 걔는 아티프를 좋아하는 것 같단 말이야. 왜 하나까지도 모두가 나를 싫어할까?"

나도 하나를 좋아한다는 말이 목까지 치밀었지만 참아야 했다. 남자가 함부로 입을 나불거리면 큰사람이 못 된다던 아빠 말이 떠올랐다. 대신에 해리 어깨를 다독여 주었다.

"모두가 싫어한다고? 너무 넘겨짚는 거 아냐?"

"넌 내 마음을 몰라."

"알~지."

나도 위로받아야 하는 아이였다. 지금 해리가 내 맘을 대신 말하고 있었다. 어쨌거나 아티프가 그렇게 화를 낸 건 본 적이 없다. 그렇다면 아티프야말로 정말 하나를 좋아하는지도 모른다. 그러면 아티프와 내가 연적이 되는 게 아닐까. 분위기 메이커 해리마저 입을 다물자, 쥐 죽은 듯 정적이 흘렀다.

잠시 후 아티프가 해리 어깨에 손을 얹었다.

"미안하다. 화를 내서."

"아티프, 나도 미안해."

"사실은 하나가 말했어. 우리가 원하는 사진을 못 주겠대. 요즘 그 사건으로 시끄러우니 한 번 더 생각해 보겠다고."

"좋아. 우리도 조금 여유를 갖고 기다려 보자. 적어도 우리 범인은 해외로 튈 염려는 없으니까."

무슨 소리인지 모르는 아이들은 내 말에 고개만 끄덕였다. 죄를 짓고 해외로 튀는 한국의 고위 관리를 생각하며 한 말이었다. 나는 혼자서 베시시 웃었다. 아빠와 주고 받던 정치판 이야기. 아빠는 이야기할 상대가 없어서인지, 아니면 아들이 컸다고 생각하는지 한국 정치 이야기를 한마디씩 들려주었다. 어쨌든 범인을 잡으려면 증거를 확보해야 한다. 바삐 머리를 굴려 봤다.

선생님 역시 범인이 제 발로 걸어 들어오길 기다리고 있다.

하나의 비디오테이프만이 사건을 해결해 줄 강력한 증거 자료가 될 수 있다. 아티프는 그 테이프를 얻어 올 수 있다고 했다. 그럴 경우, 나는 최초의 현행범에서 벗어날 수 있으나 다른 가해자들은 어떻게 되는 걸까. 내가 아티프에게서 안경을 받는 장면이 나올 텐데. 그러면 아티프에게 혐의가 씌워질 것이다.

그러면……. 그 뒤는 생각하기도 싫다. 아티프는 아직 영주권 문제가 걸려 있어서 학교에서 말썽 피우면 안 된다고 했다. 지금의 부모님께 입양 절차는 끝난 지 오래전이지만, 영주권을 잘 유지해야 시민권이 나온다. 미국 시민이 되어야 아티프의 아프리카 부모님도 하와이로 데려올 수 있다.

최초 범인의 증거만 찾으면 상황이 나에게 유리하게 돌아갈 수 있다는 느낌도 들었다. 긍정적으로 생각하니 마음이 엄청 편했다. 무슨 일이 벌어지면 정신없이 덤벙댈 때마다 아빠는 말했다.

"죽고 사는 문제도 아닌데 벌쐰 놈처럼 벌벌 떨지 말아라. 네가 올바르게 행동했으면 진실은 반드시 밝혀지는 법. 항상 한 스텝 늦추면 사건이 보이고 해결되는 법이야."

그러고 보니 사건이 나고 선생님에게 불려 갔던 날, 열이 펄펄 나고 아파 몸져누웠었다. 맘을 급하게 먹으니 열이 나고 많이 아팠던 게 분명하다.

학교가 끝나자마자 교문으로 달려갔다. 귀가하는 아이들을 지켜보며 덩치 녀석을 기다렸다. 화장실 가다가 헛것을 본 게 아닐까 생각하던 중 아이들이 거의 다 사라질 무렵에야 녀석이 나타났다. 주위를 둘러본 녀석이 건들거리며 낄낄거렸다. 공원을 지나 호젓한 아랫동네로 녀석을 유인했다. 망고나무를 지나 멈추자 녀석도 멈춰 섰다. 녀석이 두 손바닥에 침을 퉤퉤 뱉으며 가방을 흙밭에 던졌다.

"블랙 조! 왜 나를 보자는 거야?"

"네가 죄 없는 여자애를 괴롭혀서야……."

"녀석, 여자 보는 눈이 보통은 아니네. 너, 하나 좋아하냐?"

녀석이 종알거리며 떠들기 시작했다. 걔가 얼굴이 좀 반반하긴 하다며, 우리 학교에 하나 좋아하는 애들이 줄줄이 사탕이라며, 순둥이 아티프, 땅꼬마 해리, 블랙 조 그리고 자기까지 줄 섰다면서. 해리가 떠들던 게 혹시나 했더니 역시나였다. 덩치가 슬슬 위협하며 다가왔다.

"네 연애 사업이나 신경 쓰시지. 잘못하면 네 여친 뺏길라. 하기야 하나는 동네북이지 뭐."

내 머리꼭지가 완전히 열리는 것 같았다. 몸을 낮추며 펀치 자세를 취했다.

"나쁜 자식! 하나를 모욕하지 마."

"모욕하는 건 너야 인마. 하나와 나, 우리 일에서 손 떼!"

"우리? 네가 일방적으로 순진한 애를 괴롭히고 있잖아."

"흐흐, 순진한 애? 너 그 애 상당히 잘못 봤어."

"뭐라고 이 새끼가!"

하나를 모욕하는 녀석은 그냥 둘 수 없었다. 주먹이 불끈 올라가는 순간, 코아가 헐크처럼 달려들었다. 성난 야생 곰이 사지를 펼친 채 적군을 낚아채듯 그는 포효했다. 천성적으로 우람한 폴리네시안의 근육을 작동시켜 나를 한 방에 잡아 내쳤다. 쌈질하고픈 혈기를 펼칠 곳 없어 근질근질하던 참이었던 듯. 내 머리통은 매캐한 흙과 독한 깻잎에 처박히며 재채기를 쏟아 냈다. 대낮인데도 눈앞에 별이 보였다. 정신이 오락가락했다. 나는 오기를 부리며 목청껏 외쳤다.

"하나를 모욕하지 마. 그 애를 괴롭히면 네 놈 가만 안 둬!"

겨우 일어서자마자 으르렁거리며 자세를 낮추었다. 그리고 녀석의 다리를 향해 쳐들어갔다. 나도 쉬운 놈은 아니라며 젖 먹던 힘까지 다해 녀석의 허벅지를 흙밭으로 밀어붙였다. 녀석이 좀비처럼 흔들거리더니 다시 헐크가 되어 달려들었다. 나를 휙 들더니 흙바닥에 뒤집어 내쳤다. 나는 거대한 덩치 아래 다시 깔렸다. 쓰디쓴 깻잎 향을 보약처럼 흡입한 후 다시 일어섰다. 양 주먹에 기를 넣고 2단 옆차기로 돌진했다. 기적처럼 마귀 같은 덩치가 퍽 하고 무너져 내렸다. 바로 그때, 어디선가 울부짖는 목소리가 깻잎 밭을 울렸다.

"제발 그만둬. 왜들 그러는데."

그 소리에 우리는 멈칫하고 귀를 기울였다. 하나임을 직감했다. 쓰러졌던 녀석이 거구를 어기적거리며 멀어져 갔다. 그의 뒤에 대고 소리쳤다.

"하나를 건들면 이번엔 정말 가만 안 둔다!"

녀석이 순순히 나무 뒤로 사라졌다. 다시 덤빌까 봐 은근히 걱정하면서도, 나는 하나 앞에서 뭔가를 보여 주고 싶은 마음이 굴뚝 같았다. 녀석은 끝까지 목을 긋는 시늉을 하면서 멀어져 갔다. 하나가 얼굴을 묻고 몸을 떨었다. 그러다 손톱을 질겅거리며 울부짖었다.

"제발 나 좀 그만 놓아줬으면."

하나에게 비틀거리며 다가갔다. 그리고 가만히 하나의 손을 잡아줬다.

"이제 괜찮을 거야. 비겁한 자식!"

하나가 내 손을 뿌리치며 노려보았다.

"제발 스토킹하지 말라고 했지. 그랬으면 지금처럼 싸우지 않았을 거야."

그랬었지. 나뒹구는 망고가 떠오르고, "노!"라는 절규가 귓전에 윙윙거렸다. 귀를 막고 깻잎 밭에 처박힌 가방을 주워들었다. 그것을 어깨에 메고 일어서는데 골이 띵하고 풀밭이 거꾸로 돌아갔다. 비틀거리면서도 안간힘을 써서 걷기 시작했다. 깻잎 밭을 나오는데 얼굴에서 뭔가 액체 같은 게 툭툭 떨어졌다.

"안 돼!"

어느새 하나가 뛰어와 내 손을 잡았다. 잡힌 내 손도 그 애 손도 뜨거웠다. 걔의 손끝이 스치니 온몸에 전기가 흐르듯 아찔했다. 우리는 나란히 서 있었다. 그 순간이 영원하기를 바라면서. 깻잎 위에 계속 붉은 액체가 떨어졌다. 불현듯 하나가 소리쳤다.

"조, 피다!"

"피? 그렇지 피."

중얼거리며 하나를 바라보았다. 하나의 커다란 까만 눈이 내 눈 속으로 빨려 들어왔다. 내 속에 하나가 있고 하나 속에 내가 있다. 우리의 눈길이 하나 되는 순간, 나는 눈을 감았다. 하나의 입김이 다가왔다. 그것은 여름의 용광로처럼 뜨겁고도 달콤했다. 그 입술이 떨어지며, 하나가 중얼거렸다.

"피가 나!"

"그렇지 피가 나지. 괜찮아. 지금 이 순간이 더 중요해."

"치료해야겠어."

달콤한 꿈에서 깬 듯 나도 하나에게서 떨어졌다. 맘속으로 어퍼컷을 먹이면서.

'와! 하나가 진짜 한국말을 했다!'

하나는 곧 돌아오겠다며 집으로 달려갔다.

얼마 후 그 애는 물수건과 밴드를 들고 나타났다. 우리는 검푸른 망고나무 아래에 앉았다. 바람이 불 때마다 익어 가는 망고들이 달랑거리며 달콤한 향내를 품어 냈다. 새콤달콤 탐스러운 망고가 가늘고 짧은 줄기로 나무에 매달린 게 신기했다. 그렇게 열매가 단단히 달린 과일은 난생 처음이었다. 무성하게 검푸른 이파리는 쏴쏴 푸른 파도 소리를 일으키며 쓸려 가고 쓸려 왔다.

"나 좀 봐. 망고만 보지 말고. 질투 난다."

"여름이잖아."

"우리의 여름! 다시는 오지 않을."

이번에는 하나가 내 얼굴을 자기 턱 앞으로 가져갔다. 나는 스르르 눈을 감았다.

"요 맹추. 이번엔 치료다!"

하나는 말 없이 물수건으로 피를 닦는 동작을 계속했다. 그 애 손길이 머물 때마다 온몸이 찌릿했다. 피가 더 많이 묻었더라면 좋았을 텐데라고 생각했다. 이마에 밴드를 붙이고 코에 군밤을 먹이더니 하나가 코에 뽀뽀를 했다.

"조, 너 깻잎 냄새 지독하다."

나는 와락 하나를 끌어안고 입맞춤을 했다. 그 애는 거절하지 않았다. 살포시 눈을 감은 그 애가 너무 사랑스러웠다. 망고

이파리가 푸른 파도 소리를 몰고 와 수선대며 일렁였다. 세상이 온통 우리를 위해 존재하는 것 같았다. 멀리서 사람들 말소리가 들려왔다. 우리는 몸을 뗐다.

"깻잎 냄새가 나도 좋지?"

하나가 내 교복을 훑어보았다. 깻잎에 처박혀 구타를 당한 흔적이 시퍼런 하얀 교복을. 말없이 내 셔츠의 풀을 털고 옷매무새를 다듬어 주었다. 갑자기 그 애 이름을 불러주고 싶었다. 처음으로 이렇게 가까이에서.

"하나야, 그래도 '룸나인'보다는 낫지 않아?"

하나도 응답했다.

"반석, 그게 뭔데?"

"너 간첩이냐? 그것도 모르게. 방귀~."

하나는 어깨를 찔끔하더니 웃고 말았다. 우리는 깔깔거리며 한참을 웃었다. 나뭇잎이 구르기만 해도 깔깔거린다던 열다섯 사춘기 아닌가. 하나가 옛날에는 먹을 줄 모르던 깻잎을 하와이 와서야 배웠다며 모호한 말을 했다. 깻잎을 못 먹는 한국인도 있었구나 싶어 그냥 듣기만 했다.

"어서 가. 늦었어. 엄마가 기다리시겠다."

"응, 내일 새벽에 만나. 네 배달이 끝나는 그 아랫동네."

나는 순한 아이처럼 가방을 멨다. 하나가 우물쭈물하더니 말했다.

“그런데 부탁이 있어. 제발 우리 일에서 손 떼라.”

“우리?”

“코아와 나의.”

위협도 아니고 충고도 아닌 이 말투는 또 뭘까. 하나와 코아가 도대체 무슨 관계길래. 해리 말대로라면 애는 아티프의 여친이기도 하다. 그렇다면 나는 하나의 ‘우리’가 될 수 없단 말인가. 행복하고 느긋했던 마음이 순간 갈등과 걱정으로 변했다.

그 애가 한국말을 했다는 기쁨이 순식간에 사라졌다. 손 떼라는 냉정한 한마디에 다리가 풀리고 맥이 빠졌다. 같은 언어를 쓴다고 해서 모두가 내 편은 아니라는 진실을 터득한 순간이다. 그럼에도 나는 희망의 끈을 가능한 길게 늘이고 싶었다.

‘하나와 나, 우리는 한국말로 통했다. 너희 중에 그런 녀석 있으면 나와 봐!’

후끈한 하와이 바람에게 통했냐고 계속 물어보았다. 확인이라도 바랐던 걸까. 확인할 길 없는 바람은 시원하지 않았고, 바다에서 밀려오다 모래 위에서 식어 버린 찜통 속의 미로 같아 답답했다. 희미한 여름 아지랑이마저 그 애 모습을 가로막았다. 나는 무거운 숨을 몰아쉬었다. 무작정 무더운 여름 속을 달리기 시작했다. 짠내와 망고향, 바다 풀잎과 오래된 나무 썩는 냄새가 스쳐갔다. 그리움이 숨 막히는 여름 더위처럼 땀과 함께 녹아내렸다.

사리원랭면

'사리원랭면' 집은 빛바랜 식당 간판처럼 내부 장식도 허름했다. 엄마가 왜 냉면이 아니고 랭면이냐고 궁금해하던 식당 안을 둘러보았다. 어두침침한 식당의 세 벽면에 낡은 산수화 그림이 힘겹게 매달려 있었다. 한국에서도 걸지 않는 유행이 지난 액자 속의 푸르죽죽한 초록빛 골짜기는 금강산이라도 되는 듯 낯설었다. 그나마 식탁마다 설치된 높은 칸막이가 식당의 유일한 장식이었다. 그 덕택에 옆 식탁이 잘 보이지 않는 게 다행이기도 했다. 군데군데 자리 잡은 허름한 동양 사람들 빼고는 식당은 문 닫을 시간처럼 한산했다.

그림이 있는 벽을 피해 어두운 구석 쪽으로 들어가 앉았다. 이마의 상처가 안 보이게 머리칼을 헝클어 내려뜨렸다. 하나의 부드러운 손길이 머문 그곳을 한 번 더 만져 보았다. 얼굴이 후

끈 달아오르는 것 같았다. 덩치 녀석의 펀치가 제아무리 세어도 하나는 내 편이라 생각하니 비시시 웃음이 나왔다. 아빠가 뭔가 눈치챈 듯 물었다.

"좋은 일 있었구나!"

"아, 무슨~ 아뇨."

머리를 긁적이며 메뉴판을 뒤적였다. 아빠가 웃으며 바라보았다. 오늘 아들 얼굴이 밝아 좋다면서. 앗, 남자끼리의 직감? 엄마도 거들었다.

"정말 우리 시인님 얼굴이 반짝거려. 좋은 일 생기면 엄마에게 보고하기."

"여보. 울 아들 좀 가만 놔둬. 아들 하나라고 관심 집중이네."

아빠가 엄마를 나무라듯 말했다.

"신문 배달부님! 맘껏 주문하세요."

냉면과 왕만두를 4개나 주문했을 때, 우리 자리에서 몇 자리 떨어진 식탁에 사람들이 앉는 소리가 들렸다. 높은 칸막이 사이로 식당 주인 아줌마가 헬로우라고 인사하는 게 보였다. 할머니가 메뉴판을 들고 온 아줌마에게 한국말을 했다.

"주인장이 아주 미인이시네요."

"에고, 아닙니다. 어머니께서 더 미인이신데요."

"흐흐. 여기 랭면집 주인장도 혹시 사리원이 고향인가요? 간판을 보아하니."

할머니의 랭면의 ㄹ 발음이 유난히 똘똘 굴렀다.

"네, 맞습니다. 주방에서 일하는 남편 고향이 사리원이었어요. 나중에 인사시켜 드리겠습다."

"봐요. 남남북녀라 하지 않습디까? 우리처럼 이북 여자들이 인물이 좋다니까."

그들이 깔깔 웃고, 우리 가족은 숨을 죽였다. 식당 주인과 고객들이 북한 사람들이라니 이곳은 북한 사람 집합소가 아닐까. 드디어 말로만 듣던 북한 사람들을 만나게 되었다. TV에서만 보던 북한 사람들이다.

언젠가 한국에서 산 표고버섯을 보고, "이거 북한산 먹어도 괜찮아요?"라고 물은 적이 있었다. 엄마도 놀란 듯, "그런 줄도 모르고 샀네. 설마 북한산이라고 독약 넣었겠니?"라고 했다. 아빠는 북한산이 남한산보다 더 청정 농산물일 거라고 했다. 아직 공장이 적어 오염이 덜되었다며. 그날 우리는 북한산 표고를 넣은 떡국을 북한 맛이라고 음미하며 먹었다. 특별히 다를 것도 없는 표고 맛이었다.

젊은 남자 목소리에 우리는 신경이 곤두섰다.

"할머니! 제 아버지도 사리원 부근에서 사셨다지요?"

뭔가 낯설지 않은 목소리였다.

"그래. 네 할아버지가 평양고보 일본인 교장이셨잖니. 그래서 너희 아버지도 사리원에서 조금 살았지. 주인장 보세요! 우리 손자 아범이 주인장 부친과 함께 어린 시절 사리원 동네 어느 모퉁이에서 함께 뛰어놀았을지도 모르겠소."

"반갑습니다. 저희 시아버님 성함은 리 철 자 규 자셨어요."

"리철규 씨라. 들어 본 것 같기도 하고. 흐흐."

순간 그 이름에 뭔가 불꽃 같은 게 파닥거리며 이어 터지는 느낌이었다. '리'라는 성이 북한 사람에게 흔한 성임은 확실하다. 지금 '이' 대신에 '리'를 쓰는 걸 보니 리하나도? 하기야 중국 사람도 성에 리가 있고, 간혹 한국 사람도 리를 쓰기는 하지만 말이다. 가슴속에 기차가 다가오고 있었다. 콩콩거리던 소리가 쿵쾅거리기 시작했다. 리하나가…. 북한 아이라면? 갑자기 현기증이 밀려왔다. 그때 할머니의 한탄이 터져 나왔다.

"아이코! 고향을 떠난 지 60년이구려. 그동안 얼마나 변했을까? 죽기 전에 고향의 풀 포기를 한 번이라도 만져 보는 게 소원이었는데. 동향 사람 만나면 모두 얼싸안고 울고 싶었어요. 이곳 하와이가 아무리 좋다 한들 정든 우리 고향 사리원만큼 아름답고 정답겠소?"

"맞습니다. 저는 지옥 같은 북한을 탈출해 한국에 가서도, 하와이에 와서도 자나 깨나 북한 고향 집의 아버지, 어머니 꿈만 꾸어요. 특히나 아직 못 데려온 아들 생각에 잠 못 이루기 부지기수고요. 5년 동안 브로커를 통해 애쓰는 데도 아직 아들을 못 데려왔어요."

"쯧쯧, 어쩌다 이산가족이 되었구려. 자식을…… 놓아두고."

"어쩌다 그렇게 되었어요."

얼마후 할머니가 침묵을 깨며, "어서 아들이 돌아오기를 빌게요."라고 손을 합장했다. 아줌마가 정신이 돌아온 듯 앞치마를 여미며 말했다.

"에고 음식 주문하세요. 그런데 요즈음 사리원 사람들이 손달구지와 등짐으로 모래와 자갈을 운반해 도로를 놓았대요. 사리원에서 평양에 이르는 도로로 문화 도시가 되었다고 온통 자랑들이래요. 언젠가는 우리 고향에서 다시 만날 날이 있을 테지요."

"두고 온 고향을 겪어 보지 않은 사람은 몰라요. 평생 갈 길이 막혀 있으니 우리 애환은 아무도 몰라요."

"네, 어머니 같은 분을 뵈니 슬프고도 기쁜 날입니다."

"미리 축하로 원조 사리원랭면을 맛볼 수 있겠네요. 오, 소고기 사태와 진 육수에 살얼음 동동 띄운 동치미를 잘 숙성 배합시킨 진짜배기 랭면~."

"네. 동치미 국물에 부드럽고 쫄깃한 면발을 잘 조합시키려고 애를 썼습니다만. 다행히 하와이에는 랭면을 좋아하는 일본사람이 많아 그럭저럭 장사가 되네요."

이번에는 남자 목소리다.

"혼도니~ 맛있스므니다. 전번에 학교에서 동료 교사들이랑

맛본 후 저희 할머니를 모시고 왔스므니다."

주인장 가족은 남한에서 3년 살다가, 하와이에 정착한 지 2년이 되었단다. 고향 떠난 지 5년, 랭면 식당을 연 지 1년이 되었다 했다.

"그래도 참 운이 좋으시네. 이곳 하와이는 인종 차별도 없고 남북한 차별도 없으니 천국에 오신 거나 다름없지. 다른 자식은 없으시고?"

"곁에 딸애가 하나 있어요."

주인장 아줌마는, 그들이 한국에 정착한 후 아들을 데려오기 위해 백방으로 애를 썼다고 했다. 특히 딸애에겐 가족과 떠나온 고향 이야기를 함부로 하지 말라고 주의를 주었다. 딸애는 점점 외톨이가 되어 갔고, 본의 아니게 주위의 차별로 힘든 나날을 보냈다. 그러던중 우여곡절 끝에 하와이까지 오게 되었지만, 온 가족이 함께 모이기 전까진 한시도 맘을 놓을 수가 없다는 것이다.

"어린 것이 참 안쓰러워요. 여식의 미래를 위해 이곳까지 탈출해 왔는데, 제가 잘못이었나 하루에도 수십 번 자문한다니까요. 딸이 호쿨라니 스쿨 7학년이지요."

"어쩜, 여기 있는 울 손자가 그 학교 선생이에요."

할머니 말에 선생은 고개를 끄덕였다. 선생의 머릿속에 2년 전으로 한 줄기 스파크가 옮겨갔다. 한국에서 전학 온 유난히

파리한 여학생. 영리하고 말이 없는 외톨이로 언어 장애아가 아닌가 의심할 정도였다. 학교에서는 그런 부류의 아이들이 사고를 일으키는 확률이 높아 관심 대상 1호였다. 다행히 현재는 편집기자로 잘 활동하고 있어서 관심을 놓은 지 오래다. 어쨌거나 그 애가 여태 북한 출신인 줄 몰랐다는 자괴감이 엄습해 왔다. 물론 미국인에게 북한이나 남한이나 차이는 없겠지만, 적어도 북한이 고향인 할머니를 둔 선생에게는 북한 출신 학생이 특별했다. 그들이 사회에 잘 적응하도록 도와주어야 할 의무가 있다고 생각했다. 선생이 주인장을 향해 말했다.

"늦었지만 탈북의 용기를 축하드립니다. 그런 줄도 모르고 아이에게 많은 신경을 쓰지 못했습니다."

"아뇨. 저희는 되도록 신분을 노출하지 않고 살려고 했어요. 그런데 딸애를 투명인간으로 만드는 것 같아서 항상 마음 아프네요."

다른 식탁에서 여주인을 부르자, 그녀는 곧 자리를 떴다. 옆 식탁의 이야기를 귀담아 듣던 엄마 아빠도 그때야 큰 숨을 내쉬었다. 두 분은 덕분에 김빠진 맥주를 마시며 분위기를 바꾸려고 애썼다. 냉면을 기다리는 동안, 나는 옆 식탁에 자꾸 신경이 쓰였다. 그때 남자 선생의 낮은 목소리가 들려 왔다.

"어머니, 그 애 표정이 항상 어둡고, 그 애는 외톨이였어요. 그러고 보니 그 애가 웃는 걸 거의 못 본 것 같아요."

"네가 이제라도 신경……. 보살펴 줘라."

"네. 하나, 그 애가 그런 줄도 몰랐어요."

"동족의 피는 물보다 진한 법이다."

나는 놀라 까무러칠 것만 같았다. '하나'라는 이름이 선생의 입 밖으로 나온 순간 골이 튀어나올 것만 같았다. 슬그머니 엄마 눈치를 봤다. 그러나 대낮 맥주에 볼이 발개진 엄마는 아빠와 오랜만에 신이 났다. 하나를 들키지 않아 참으로 다행이었다. 그런데 더 놀라운 것은, 다나카 선생님에게 한국인의 피가 흐르고 있으며, 한국말이 유창하다는 사실이었다. 샘이 큰 소리로 음식 주문을 했다.

"요기 이북식 만두 2인분, 사리원 물랭면 2개 주세요."

난 하마터면 소리를 지를 뻔했다. 이제야 다나카 선생님을 둘러싼 퍼즐이 맞아 들어간다. 학교 온 첫날, 북한이냐 남한이냐를 묻던 그것까지도.

냉면 국물 홀짝거리는 소리만 우리 식탁을 울렸다. 나는 말을 잊은 채 만두를 쑤셔 넣었다. 사리원랭면이 무슨 맛인지, 이북식 만두가 코로 들어가는지 입으로 들어가는지 모른 채 접시를 비우고 일어섰다.

이곳 '사리원랭면'에서는 적어도 남한 사람이 열세였다. 뭔지 모르게 우리는 정체를 숨겨야 하거나 적어도 언급하지 않아야겠다는 느낌이었다. 다나카 선생님네 식탁을 비켜 돌아 슬그머니 자리를 빠져나왔다.

음식 비용을 계산하는 아빠 뒤에 섰다. 계산대 뒷벽의 그림이 나를 빤히 바라보고 있었다. 액자 틀도 없는 커다란 망고나무 그림이었다. 나는 어느새 그림 속으로 빨려들었다. 노랑, 초록 망고나무 아래 소녀와 눈이 마주치자, 가슴속에서 기차 소리가 다가왔다. 쿵쾅쿵쾅! 그림 속 서명을 뚫어지게 응시할수록 기차 소리가 커졌다.

망고 소녀 리하나

식당 밖으로 나오자마자 가쁜 숨을 내쉬었다. 거액이 걸린 퍼즐을 맞추고도 선뜻 '빙고!'를 외치지 못하는 아이처럼 머릿속이 복잡해졌다. 아빠가 간판을 새삼스레 올려다보았다.

"진짜 사리원 출신이 운영하는 냉면집이었어."

나는 모른 척 뒷좌석 깊이 몸을 묻었다. 속으로는 피가 마르는 것 같았지만 겉으로는 태연한 척했다. 머릿속엔 온통 하나 생각으로 가득 차 있는데도 아닌 척했다. 엄마가 뒤를 돌아보지 않은 채 말했다.

"아들, 안 그러니? 랭면이 뭐니. 수수하게 냉면이라고 할 것이지."

"……."

"꼭 그렇게 북한 티를 내야 하냐고? 한국도 아니고 미국에서 말이야."

"여보, 그거야 자기들 맘이지. 요즘은 한국에서도 탈북자들이 랭면이라는 간판을 많이 붙이던데."

아빠는 또 탈북자를 강조했다.

"당신은 그게 오히려 손님을 쫓는다고 생각하지 않아요?"

"그러니까. 그들이 하나는 알고 둘은 모르는 거지. 손님 반경이 많이 줄어드는 건 모르고. 하와이에 남한 사람이 대부분이지 탈북자는 몇 안 될 테니까."

"아빠, 여기 하와이로 온 북한 출신은 다 탈북자일까요?"

"그렇지 않은 사람도 있겠지. 북한의 공관 주재원이나 유학생들처럼. 하지만 북한 체제에 반대해, 혹은 더 나은 삶을 위해 북한을 의도적으로 탈출한 사람일 경우 탈북자라 부르지."

두만강을 건너던 탈북자 가족이 하나네 가족과 겹쳐 떠올랐다. 물이 불어 동생을 잃어버린 소녀가 울고 있었다. 그들은 나와는 동떨어진 세상에 사는 전혀 관계없는 사람들이었는데, 이제 더는 아니다. 유치원 때는 북한 사람이 빨간 뿔이 달린 빨강 도깨비인 줄 알았다. 초등학교 때는 그들이 남한을 침략하려는 못된 사람들이라 우리와는 다르게 생겼을 거라고 생각했다.

지금 내 친구 탈북자는 우리와 똑같은 얼굴의 부지런한 아이이다. 새벽에 신문 배달을 하고, 새벽시장에서 아빠를 돕고, 식당에서 냅킨을 접고, 설거지를 돕는다. 한국말을 숨기고 신분을 속이며 북한 공안당국의 눈을 피해 살아야 할 운명을 지닌 아이. 어쩌면 탈북자란 단어는 온 세상을 다 뒤져도 우리나라에만 있는 단어 같다. 오, 탈북자의 운명이라니!

우리 차는 하와이대학교를 지나 집으로 향했다. 하나네 집 아랫길 멀리 불빛이 깜박였다. 하나는 늦은 밤 망고나무 스치는 바람 소릴 들으며 무슨 생각을 할까. 사리원랭면에서 귀가할 부모님을 애타게 기다릴까. 어쩌면 오빠를 만날 꿈을 꾸고 있을지도 모른다.

오빠

나는 언덕 꼭대기부터 흙길을 달려 내려온다. 수평선은 어둠을 벗으며 발그레한 무무 드레스로 갈아입고, 와이키키 해변은 밤새 달려온 무역풍과 조우한다. 그 훈풍이 레이(하와이에서 자생하는 꽃으로 만든 목걸이) 꽃과 입 맞추고, 내 머리칼을 마구 흐트러뜨리고, 호쿨라니 언덕으로 유영한다. 가슴속에 스미는 기쁨을 흥얼거리며 마지막 신문을 던져 넣는다.

신문 배달이 끝났다. 온 힘을 다해 서둘렀다. 번개처럼 날았으니 아티프는 아직 언덕 중간쯤 배달하고 있을 거다. 조금 더 내려가면 하나의 배달 구역이다. 하나를 만난다는 기쁨도 잠시, 까칠한 목소리가 귀청을 울린다. "나와 코아의 일에서 손 떼라!"던 양철 같은 목소리! 그래도 보고 싶다.

"제발 나와 주라, 하나야."

어젯밤 랭면집에서 목격한 진실. 그걸 받아들여야 한다면, 운명이라고 여기겠다. 망고 소녀 리하나가 눈앞에 어른거린다. 사리원랭면 식당의 시퍼런 산수화 속, 푸르죽죽한 숲을 지나 두만강을 보았다. 홍수로 물이 분 강에서 가까스로 헤엄을 쳐 육지에 닿은 아이. 이런 상상을 하며 하나네 구역에 다다랐다. 거친 숨을 몰아쉬며 조용히 하나를 기다렸다. 그때 어디선가 부스럭거리는 소리가 났다.

거목 반얀트리 뒤다. 머리를 산발하고 땅까지 뻗는 뿌리줄기가 귀신같이 생긴 나무. 좀비가 아닐까 수상해 신경을 곤두세웠다. 동굴만 한 나무 뒤에서 튀어나온 건 하나였다. 하나가 숨을 헐떡였다.

"하나야, 배달 다 끝났어?"

기쁨으로 가슴이 터질 것만 같다.

"조, 바람처럼 달려왔어."

"나도야. 신문 배달을 삽시간에 마쳤지."

"아니, 난 날아왔어."

그 애와 주고받는 한국말이 깃털처럼 가볍고, 빙판 위를 미끄러지듯 유창했다. 마음이 통하는 우리말이 이리 좋구나. 보고 싶다는 말은 서로 하지 못했다.

우리는 나란히 여름 아침 안개 속을 걸었다. 보얀 안개가 물방울 되어 볼을 적셨다. 약속이나 한 듯 해변으로 내려갔다. 말없이 걸었다. 말이 없어도 그냥 좋았다. 밤새 파도가 쓸고 간, 아무도 밟지 않은 모래밭을 둘이 걸었다. 발자국을 남기면서. 붉은 해가 떠오르기 시작한 바다는 장엄하고 신비로웠다. 군데군데 서 있는 초록 야자수가 개선장군처럼 늠름했다. 새벽 서핑을 하는 청년이 서프보드를 낀 채 샤카(엄지와 새끼손가락만 펴고 흔드는 하와이 인사) 사인을 보냈다. 우리도 샤카로 인사했다.

"알로하!"

우리는 가슴이 두둥실 부푼 채, 새벽 바다 위를 마냥 날았다. 청년은 몇 차례 시도 끝에 물 위에 섰다. 붉은 해가 솟아오르며, 청년의 실루엣이 파도를 타고 떠다녔다. 한 마리 흑조처럼 우아한 몸짓이었다.

"와, 멋지다!"

"블랙 조, 너도 멋져."

내 붉어지는 얼굴을 그 애는 보았을까.

"하나, 너 서핑해?"

"아니, 아직."

나는 또 아차 싶었다. 묻지 않아도 될 것을.

"넌?"

"배우는 중. 아티프한테."

"그런데, 나 너한테 미안한 게 있어."

"말해 봐."

"어제저녁 코아에게 비디오테이프를 보내 줬어."

"……."

"어떤 내용인지 왜 묻지 않아? 나에게 화내지도 않고."

"그러게. 나도 잘 모르겠다. 나 엄청 성질 급한 녀석인데."

"이제 나의 모든 것을 알게 되었지?"

자기가 하와이에 온 후로 처음 털어놓는 사람이 나란다. 나는 긴장해 숨소리를 죽였다. 하나도 목소리를 낮추었다.

"조, 내가 탈북자라는 걸 알았지?"

"그런 건 중요하지 않아."

"탈북자인 내가 싫지 않아?"

"네가 되고 싶어서 된 거 아니잖아."

"그렇긴 하지만……."

하나는 털어놓았다.

"사실 ESL 시간은 죽음의 시간이었어. 네가 우리 북조선 흉을 보니 참을 수 없었어. 그곳은 내가 태어난 곳, 오빠와 우리 가족의 추억이 있는 곳이야. 내 조국을 욕한 너를 평생 용서할 수 없었어. 그런데 너를 처음 만났을 때부터 네가 좋았어. 너에게 다가가고 싶었지만 그런 내 마음을 꼭 억눌렀지. 부딪치는 많은 사람이 무섭고 두려웠어. 그러나 시간이 지나며 너는 나를 이해해 주었어. 초조해하고 당황해하는 내 손을 잡아 준 유일한 친구였어. 나라는 애를 몰랐으니 물론 가능했을 거야."

"하나, 그런 건 하나도 중요하지 않아. 중요한 건 하나 너라는 본질이야. 주위 조건은 변해도 본질은 변하지 않아."

조용히 하나 어깨를 감싸안았다. 작은 어깨의 흔들림이 증폭되어 내 가슴에 부딪혔다. 하나가 흐느꼈다.

"카인의 후예처럼 내 이마엔 탈북자라는 인장이 새겨져 있어. 그건 죽을 때까지 가지고 가야 할 족쇄야."

"남한 사람이라는 인장도 마찬가지야. 자기의 뿌리를 잘라낼 수는 없으니까. 남북한 모두 한민족이라는 거목에 달린 작은 열매일 뿐이야."

하나가 고개를 끄덕였다.

"그래도 너는 남조선 열매잖아."

"그게 왜?"

"너와 나, 우리가 다르기에 절망하는 거야. 우리는 남한 사람들이 탈북민을 싫어할 거라 생각했어. 한국에서도 난 거의 숨어 살았어, 유령처럼. 남한 아이들을 사귈 수도 없었지. 오빠 데려올 돈을 모으느라 우리 가족은 안 먹고, 아끼고 살았어. 일반 학교에 못 가고 탈북대안학교에 다녔어. 종일 일하는 부모님이 나를 맡길 곳이 없었어. 나는 그곳에서 거의 온종일 버텨야 했어. 따뜻한 집이 그리웠어."

"나에게는 하나, 네가 중요해. 탈북민이니 한국 사람이니 그런 건 무시하자."

나는 가슴이 끓어오르고 심장이 멎는 것만 같았다. 하나의 고통에 함께하지 못한 게 죄스러웠다.

"정말 힘들었겠다. 그래도 이제 자유를 찾았잖아?"

"자유? 처음엔 그런 호사스러운 단어에 신경 쓸 여지가 없었어. 굶지 않는 게 최고의 목표였으니까. 탈북대안학교에 남한 지원자가 와서 만들어 준 짜장면을 먹는데 눈물이 났어. 처음 먹어 본 황홀한 맛, 따뜻한 마음에 목이 메었어."

"하나야! 미안해."

"우리는 처음엔 바깥세상과 거의 어울릴 수 없었어. 그러니 너 같은 애들이 우리를 알 턱이 없지."

"하나, 정말 미안해."

"이제 오빠를 만나는 게 우리 가족의 유일한 소망이야."

"오빠가 정말 보고 싶겠다."

하나가 시를 읊듯 중얼거렸다.

뛰어놀던 하얀 눈 덮인 산과 들판

석탄 태우던 매캐한 잿빛 겨울

냇가에서 송사리 잡던 오빠의 여름 계곡

평양 얼음과자 망고 에스키모

이젠 모든 게 서랍 속에 갇힌 여름.

"오빠와 나만 아는 비밀인데, 오빠는 망고가 나는 나라에 가서 살고 싶댔어. 여름을 엄청 좋아했거든."

"얼마나 망고가 그리웠으면?"

"딱 두 번 먹었지. 평양의 부자들이나 먹는 거였어."

"아, 그렇구나. 망고 에스키모."

"그런데 오빠를 생각하면 망고를 먹을 수가 없어. 목이 막혀오거든."

나도 목이 잠겨 화제를 돌렸다.

"나는 할머니가 보고 싶은데. 너는?"

"할머니를 안아보고 싶어. 우리가 떠나온 지 이 년 뒤에 돌아가셨대."

"힘들었겠다. 그런데 어떻게 오빠랑 헤어졌어?"

"얼굴이 하얗고 숯검정 눈썹이 매력적인 오빠는 '붉은 넥타이 소년 수령단'의 단원으로 3박 4일 수련회에 갔었어. 오빠가 눈을 감고 '사회주의 조국의 참된 아들딸, 소년 혁명가로 튼튼히 준비시켜 주시는 수령님의 감동에 눈물이 납니다'를 외우던 모습이 지금도 생생해. 그 멋진 모습을 잊을 수가 없어. 수련회에서 돌아오는 오빠를 데리고 탈북을 할 계획이었어. 그런데 두만강을 건너기로 한 시간에 아무리 기다려도 오빠가 나타나지 않았어. 브로커는 이 시각이 지나면 군인들 감시망을 벗어날 수 없다고 아버지를 독촉했어. 떠나기 전 돌아올 오빠를 위해 쌀을 듬뿍 넣은 열콩밥을 도시락마다 가득 채워 둔 채, 우리는 집을 떠났어."

하나가 흐느끼듯 말했다.

"그날 밤 두만강을 넘어…… 그 길을 지쳐 쓰러질 때까지 걸었어. 오빠를 남겨 놓고 말이야. 살고 싶어서, 자유를 찾고 싶어서."

나는 말을 멈추고 하나의 붉어진 눈을 바라보았다. 한여름의 태양이 막 수평선 위로 기어오르는 순간이었다. 불타는 태양이 오늘은 가슴을 짓눌렀다. 헤어날 수 없는 공포가 엄습해 왔다. 숨을 쉬기가 힘들다. 가슴을 뒤흔드는 그 애 이야기 때문이다.

"어떻게 어떻게……. 그렇게나 많이 걸었다니."

나는 떨리는 목소리를 애써 삼켰다. 그 애가 고개를 끄덕였다.

"무조건 걸어야 했어. 그게 우리가 할 수 있는, 우리가 살 수 있는 유일한 방법이었으니까."

나는 그 애의 고통을 흡입했다. 그것은 나에게 서서히 스미며, 온몸이 여름의 태양처럼 뜨거워졌다. 더운 여름의 공기가 머리끝에서 발끝까지 우리를 휘감았다. 나는 하나의 손을 잡았다.

"하나, 이제 내가 너랑 함께 걸어 줄게."

그들 사이로 아침이 긴 그림자를 드리웠다. 내 가슴이 서서히 차가워지고, 여름은 고통스러운 공기를 토해 냈다. 그 애의 고통으로 나도 더불어 차가운 강철처럼 강해지고 있었다.

"오빠를 빨리 데려올 방법이 없을까?"

"브로커에게 돈을 주고 통해야만 해. 목숨을 돈과 바꾼다고나 할까. 그래서 온 식구가 힘을 쏟고 있어."

"아~."

"아빠가 평양 부근의 미사일 공장 기술자여서 한국에 온 후 3년 만에 하와이로 올 수 있었어. 아빠는 미국 정부에서 원하는 정보를 주는 대가로, 하와이에 정착 허가와 영주권을 받았어. 그러나 오빠가 가족과 합세하기 전까지는 안심할 수가 없어. 아빠는 북한 공안당국의 표적이야. 신분이 노출되면 북한에서 무슨 해코지를 할지도 모르는 일. 오빠가 안전하게 이곳에 올 때까지 우리 가족은 없는 듯 살아야 해. 나는 남한에서부터 혼자 노는 데 익숙해져 있었어. 옆에 누가 있으면 오히려 불안하고 불편했어. 그러다 우연히 코아와 같은 반이 되었어. 그는 내 이야기를 이민국 직원인 아빠에게 들어서 대강 알고 있었어."

"나쁜 자식! 그 덩치가 네 약점을 이용한 거네."

"응, 그 애가 입을 열면 우리 가족이 위험할 수도 있어."

"그러면 오빠에게 제일 불리하지."

"그래서 그 애가 원하는 대로 비디오테이프를 보내 줬어. 맨 처음 애들이 안경 뺏는 장면을 삭제하고 나니 동영상에 아티프와 너만 남았어. 나는 네가 범인이 아니라는 사실을 누구보다 잘 알고 있었어. 네가 마음에 걸렸지만 어쩔 수 없었어. 조, 정말 미안해."

"그럼 아티프에게도 비디오테이프를 보내 줬어?"

"아니. 아직 보내야 할지 말아야 할지 생각 중이야."

"아티프도 영주권 문제가 걸려 있으니 그것이 불리하게 작용할 게 분명해. 아티프가 나에게 안경을 넘겨주는 장면이 마지막 동영상일 테니까."

"아, 아티프도 그런 일이? 난 내가 세상에서 제일 불행하다고 생각했는데. 그럼 테이프를……."

하나는 말끝을 흐리며 잠깐 고민에 잠긴 듯했다.

"하나야, 엄마가 그랬어. 누구나 등에 보이지 않는 그림자를 하나씩 지고 다닌다고. 그것은 무거운 짐이 되기도 하고 날개처럼 보이기도 한대."

"아, 등에 진 그림자가 나만 있는 건 아니구나. 너나 나나, 부자나 가난한 사람이나 모두……."

"그래서 세상은 공평한 것 같아. 어쨌든 난 아티프가 수단에서 가족을 데려올 수 있도록 보호해 주고 싶어. 너희 오빠가 잘 되길 기도할게. 우리 아빠 회사 임기가 끝난 후 난 한국에 돌아가면 그만이지만, 너희들은 계속 여기서 잘 버텨 살아남아야 하잖아."

“그래도 너 혼자 뒤집어쓰는 건 안 돼.”

하나는 계속 손톱을 질겅거렸다. 나는 가만히 하나 손을 잡아 멈추게 했다.

“됐고요. 무엇보다 네가 진실을 말해 줘 난 기쁘다. 이럴 때 우리가 서로에게 필요한 무언가가 되어 줄 수 있다면…….”

우리는 걸었던 모래밭을 되짚어 나왔다. 학교 갈 시간이 다가오고 있었다. 학교에서 다시 보자며 곧 바닷가 아랫길을 벗어나 길 위로 달렸다.

알로하

알로하!

교문에 선 선생님의 함박웃음 가득한 인사

아줌마 선생님은 무무(전통 하와이 원피스)에 레이 목걸이

꽃향기 넘실거려 꽃밭에 소풍 온 거야

서울의 분주한 속도여 안녕

느리고 여유롭게 흐르는 하와이 등교 날.

오늘은 기분 좋은 날. 나도 몰래 시 한 구절 흥얼거렸다. 학교에 도착하자 막 수업이 시작되었다. 사회시간의 열기가 뜨겁게 오갔다. 이제는 제법 영어도 들린다. 다나카 선생님이 정체성, 멜팅팟이라고 보드에 적었다. 순서대로 자신의 이야기를 나누자며 선생님이 먼저 자기소개를 했다.

"나는 세 인종의 뿌리가 엉켜 있습니다. 할머니가 북한, 할아버지가 일본, 제 부모님은 한국. 부모님은 하와이 이민 후 나를 낳았으니 나는 하와이안입니다. 원래 폴리네시안이 하와이 원주민이었지만요. 하와이는 다민족이 모여 사는 세상 최고의 멋진 섬나라죠."

나는 고개를 끄덕였고, 아키라가 손을 들었다.

"저희 부모님은 둘 다 일본에서 태어나셨어요. 그리고 하와이 이민 후 저를 낳으셨어요. 저도 하와이안이라 기뻐요. 모든 사람이 평등하게 자유를 누리며 사는 하와이가 참 좋습니다."

내가 손을 들었다.

"멜팅팟, 평등과 자유, 너무 좋은데요. 그런데 세상은 공평하지 않은 부분도 있는 것 같습니다. 자유와 가족 둘을 다 선택할 수는 없는 처지의 가족도 있으니까요. 그런 것이 해결될 때라야 세상은 진정한 유토피아가 되지 않을까요?"

옆에 서 있는 아티프가 고개를 떨어뜨렸다. 그에게 다가가 손을 잡았다.

"아티프, 힘내. 빨리 커서 너희 부모님 모셔오기로 했잖아. 뭐가 걱정이야."

그가 가만히 고개를 끄덕였다. 선생님이 모두를 둘러보았다.

"조가 좋은 발언을 해 주었습니다. 자유는 인간을 인간답게 만드는 제일의 필수조건이지요. 누구나 자유를 누릴 자격이 있고, 그것을 누리기 위해 한 명의 가족이라도 희생되어서는 안 되죠. 자유와 가족을 다 가질 수 있는 사회야말로 유토피아죠."

다나카 샘은 조만 아는 눈짓을 보냈다. 조는 옆 반의 하나를 생각했다. 여느 때처럼 미동도 하지 않을 그 애의 모습이 떠올랐다.

'언제쯤 하나의 미소를 찾아줄 수 있을까.'

선생님이 말했다.

"하와이는 살기 좋은 기후와 아름다운 자연을 가진 축복받은 땅입니다. 일단 멜팅팟 정신으로 자연을 지키며 자유와 가족이 동행하면 행복은 더 가까이 옵니다! 알로하!"

"알로하!"

아이들이 함께 외쳤다. 해리가 머뭇거리더니 앞으로 나왔다. 선생님이 심각한 그의 얼굴을 보며 고개를 끄덕였다.

"해리, 할 이야기가 많지?"

"선생님, 저는 안경 문제만 해결되면 무조건 행복합니다!"

선생님이 고개를 끄덕였다.

"그거 좋은 자세야! 어머니들이 양보해 잘 해결하기로 했다 하던데."

"중요한 사실은요."

해리의 눈에 이슬이 맺혔다. 커다란 복고풍 안경이 부예지며 작은 몸이 떨고 있었다.

"괜찮아. 이야기해 봐."

"사실은요, 제가 안경의 최초 범인을 알고 있었어요."

아이들이 우우 소리를 지르며 시끌벅적해졌다. 선생님이 손을 들어 아이들 소리를 잠재웠다. 해리는 한참을 망설이다 결심한 듯 안경을 코 위에 눌러 걸었다.

"항상 저를 괴롭히던 아이입니다. 그 애가 사실을 발설하면 가만두지 않겠다고 했어요."

"그래? 정말 힘들었겠구나."

"네. 계속 고민했는데, 어젯밤 조 엄마가 안경 비용을 반 부담하겠다고 저희 엄마에게 전화했어요. 그 후 저는 밤잠을 설치고 양심선언을 하기로 했습니다. 조는 힘없는 저를 기수로 선발하며 용기를 줬어요. 경기 때도 저를 목에 태우고 애마처럼 달렸어요. 저를 진짜 친구로 대해 준 제 첫 친구입니다. 조가 범인이 아닌 걸 뻔히 아는 저는 조에게 부담을 준다는 게 괴로웠어요."

한숨을 내쉬던 아이들이 웅성거리기 시작했다. 범인이 누구냐며, 확실히 밝혀졌냐며, 이 방에 있는 모두가 범인의 누명을 썼었다며 쑥덕였다. 누군가가 소리쳤다.

"그럼, 범인을 밝혀야 하는 것 아닙니까?"

해리는 침을 꼴깍 삼켰다. 그때 선생님이 나섰다.

"해리의 용기가 고맙고 존경스럽습니다."

선생님이 이야기를 계속하려 할 때, 수업 끝 종이 요란하게 울렸다. 옆 교실에서 아이들이 쏟아져 나오며 우리 반을 기웃거렸다.

선생님이 비디오테이프를 천천히 들어 올렸다. 아이들이 우~ 소리치며 수런거렸다. 선생님은 아이들을 조용히 시킨 채 말을 계속했다.

"이곳에 '닭싸움' 경기의 전체 영상이 들어 있습니다. 고백하는데, 나는 아직 이걸 열어 보지도 않았어요."

아이들이 의아해하며 수선거리기도 했다. 선생님이 손을 들어 학생들을 잠재웠다.

"안 열어 본 이유가 궁금하죠? 무엇보다 먼저 해리의 양심선언이 고맙습니다. 부당한 사실에 대해 옳지 않다고 말할 수 있는 용기는 여러분 자신과 학교 그리고 사회 정의를 위한 첫걸음입니다. 해리가 최초의 안경 범인을 알고 있는 데도 발설할 수가 없었으니 얼마나 괴로웠을까요. 친구를 괴롭히는 악행은 세상에서 제일 비열한 짓이지요. 이번 일을 계기로 우리 학교에서 그런 일이 사라져야만 합니다."

아티프가 커다란 쌍꺼풀을 껌벅이며 앞으로 나왔다.

"조는 제가 뺏은 안경을 받았으면서도, 자기가 뺏었다고 죄를 뒤집어쓰려 했습니다. 제 영주권 문제가 복잡해질까 걱정했어요. 나를 구해 주려 한 조, 정말 고맙다."

나는 아티프에게 다가가 안아주었다. 수업이 일찍 끝난 1반 아이들이 웅성거리며 모여들었다. 그들 가운데에 덩치 큰 코아와 해결사 하나도 밀려 나왔다. 비디오테이프를 치켜든 선생님을 본 코아의 표정이 똥 씹은 듯 떫어졌다.

"여러분들, 내가 왜 이 동영상을 열어 보지 않았을까요?"

아이들은 인기 추리극 프로파일러를 시청하는 기분이었다. 아직도 혐의자는 밝혀지지 않았다. 선생님은 교실을 둘러보았다. 코아의 당황한 표정을 눈치챈 선생님이 눈길을 돌렸다. 창가에 선 하나도 여전히 차가운 표정이다. 해결사들 얼굴을 한 번씩 둘러보았다.

"학교 신문 편집실에서 학교행사의 동영상 원본은 항상 미리 확보합니다. 이것이 그 원본입니다. 이것을 미리 열어 보게 되면 범행 학생을 즉시 소환할 것만 같았어요. 대신 저는 그 학생의 자발적인 고백을 기다렸어요. 급행열차의 신속함도 좋지만, 저는 완행열차의 느림을 택했어요. 서두르지 않고 그 학생이 다가올 시간을 주었던 거죠. 그게 행운의 결과를 가져왔어요. 사소한 사건이라면 사소하지만, 이것이 사회로 나가면 더 큰 사건으로 확장될 수 있으니까요."

유리창에 갑자기 새 두 마리가 날아와 부딪쳐 떨어질 듯하더니 다시 비상했다. 아슬아슬한 묘기였다. 아이들은 가슴을 쓸어내리며 안도의 함성을 질렀다.

“저 새들처럼 여러분도 비상을 연습해야 합니다. 세상은 넓고 누구에게나 열려 있으니까요.”

선생님은 다시 학생들을 보았다.

“어젯밤 관련 학생이 나에게 와서 고백했어요. 본인이 맨 처음 안경을 채 갔다는 사실을요. 정말 기분이 좋았어요. 이제 더 범인 색출에 신경을 쓰지도, 이 사건을 문제 삼지도 않겠어요. 일이 이렇게 일사천리로 해결되다니, 교사로서 이보다 더 큰 기쁨은 없을 겁니다.”

아이들이 신이 나 웅성거렸다. 주위를 둘러보며 최고 사인을 보내기도 했다. 선생님이 나를 바라보았다.

“조! 특히 조에게 개인적으로 깊이 사과하고 싶어요.”

“아, 뭘요.”

“범인이 나오지 않아 조가 계속 현행범 상태였으니까요. 그동안 여러 가지로 마음고생이 심했지요? 그런 와중에도 친구들을 도와주기 위해 애썼으니 그릇이 큰 친구입니다. 더구나 조의 어머니는 자라나는 아이들이 저지를 수 있는 일이라며 선뜻 안경 비용의 공동 부담을 허락하셨습니다. 최초 범인에게 경비를 공동 부담시킨다는 제안에 조와 해리 어머니가 반대했어요. 한참 커가는 학생들을 더는 추궁하지 말자며 어머니들끼리 공동 부담하시겠다 했습니다. 역시 모전자전. 조, 해리, 고맙다. 어머님들께도 감사 전해 줘요.”

1반 아이들까지 모두 몰려와 손뼉을 치고 환호성을 질렀다.

"이제 숙원사업이 해결되었으니 맘껏 축하합시다."

운동장에서는 벌써 '알로하오에'가 느린 속도로 울려 퍼지고 있었다. 이 사건으로 양심에 거리끼던 아이들, 괴로움을 당하던 아이들 모두가 해방의 기쁨을 누리는 순간이 왔다. 모두 운동장으로 몰려 나가 맹렬한 여름 햇살 속으로 풍덩 뛰어들었다. 그 아이들을 쫓아다니며 사진을 찍어 대는 단발머리를 나는 놓치지 않았다. 오랜만에 보는 그 애의 환한 미소가 정말 예뻤다.

학교가 파한 후 해결사 4인이 다시 뭉쳤다. 함성을 지르며 보드 부대가 움직였다. 석양의 다이아몬드헤드(와이키키 옆에 위치한 화산 분화구)는 삽시간에 선홍빛으로 붉게 물들었다. 환호성이 터져 나왔다.

"배 타고 들어오면 다이아몬드 헤드가 별처럼 반짝인대."

"다이아몬드처럼!"

"와. 저 태양 빛의 유희!"

아티프를 선두로 해리, 아키라, 나까지 일렬로 바닷바람을 가르며 달렸다. 그때 어디선가 바람에 실려 오는 목소리,

"블랙~ 조!"

귀가 번쩍 뜨였다. 앞 팀에서 쳐지며 천천히 속도를 늦추고

돌아보았다. 찰랑거리는 단발머리가 쏜살같이 미끄러져 다가왔다. 그 애는 내리막길을 날아오듯 달렸다.

"오, 멈춰!"

말이 끝나기도 전에 그 애 보드가 다이빙했다. 둘의 보드가 튕겨 날아오르다 충돌하며 잔디밭 한구석에 처박혔다. 둘이 포개진 채 놀라 소리쳤다.

"하나, 이번 부상병은 나다!"

"오 미안해!"

"괜찮아. 너랑 입는 부상이라면 열 번, 천 번이라도 당하고 싶다!"

둘은 서로 바라보며 깔깔거렸다. 그러다 잠시 후 둘이 떨어졌다. 정신을 차리고 혹을 마사지한 후 황급히 고쳐 앉았다. 하나가 갑자기 일어섰다.

"약 발라야겠다."

"집에 가지 마."

하나 어깨를 잡았다.

"지금 이 순간이 너무 소중해. 상처 같은 걸 치료할 시간이 없어."

"또 그 말."

바다에서 향긋한 물 냄새가 실려 오고, 뭍에서는 달콤한 망고 단내가 진동했다. 바닷가길 카페에서 풍겨오는 냄새에 연신 코를 킁킁거렸다.

"으흠~ 이 하와이 냄새!"

눈을 감고 음미하다 나도 몰래 소리쳤다.

"흠~ 망고 에스키모!"

하나가 갑자기 날을 세웠다.

"뭐라는 소리?"

"먹여 주고 싶다. 네가 좋아하는 북조선 얼음과자."

하나 눈에 말간 눈물이 반짝였다.

"조, 그걸 기억하다니 정말 고마워. 가끔 사각사각 망고 에스키모 꿈을 꾸지. 북한에서는 망고가 나지 않아. 수입 물감을 넣어 만든대. 그런데 하와이 망고 에스키모는 끈적거려. 그것은 사각거리는 북한 얼음과자 옆에 명함도 못 내밀지."

"세상에 가질 수 없는 게 있어 슬프다."

"조, 나는 슬프지 않아. 네가 내 옆에 있어서."

내가 하나의 손을 꼭 쥐었다.

"또 부모님도 있잖아. 내 친구 효선은 혼자 탈북했거든."

"아. 안됐다. 그 애는 혼자라서."

우리는 효선을 생각하며 울적해졌다. 하나를 기쁘게 해 주고 싶었다.

"네 오빠가 하와이에 오면 맨 먼저 망고 에스키모를 먹여 줄 테야."

아차, 웃을 줄 알았던 하나의 코가 빨개졌다. 시린 눈물이 골을 이루어 흘러내렸다. 볼의 눈물을 닦아 주다 그곳에 내 입술을 가져갔다. 우리는 서로를 빨아들일 듯 응시했다. 눈과 눈이 마주치고 입술과 입술이 포개지는 찰나, 갈매기 한 마리가 푸드덕 날아올랐다. 하나는 둥지의 알을 빼앗긴 암탉처럼 벌떡 일어섰다.

"아티프네가 돌아오고 있다!"

황급히 보드를 챙겼다. 아이들이 돌아왔을 때, 우리는 이미 보드 위에 서 있었다. 해리가 풍선을 꺼내 불더니 포켓에서 뭔가를 꺼냈다. 엉킨 까만 머리칼을 정성스레 풍선에 붙였다. 아, 그때 그 머리칼! 모두 감탄했다.

"머리카락이여, 모든 부정을 싣고 멀리 날아가라!"

"아납네오, 아납네오. 아센디오 아센디오!"

해리가 18번 마법의 주문을 외웠다. 성스러운 의식을 거행하듯이. 그리고 매직펜으로 풍선 볼에 '알로하, 5인방'이라고 썼다. 바닷바람을 탄 풍선이 두둥실 떠갔다. 우리는 손나발을 불며 풍선을 떠나보냈다. 알로하, 우리의 우정과 사랑을 위하여!

우리는 일렬로 선 채 풍선을 따라가며 스케이트보드를 탔다. 풍선이 바다 위로 멀어지자 내가 외쳤다. "자, 이번엔 지구 반대쪽으로!"

파란 와이키키 해변을 지나고 노란 모래언덕을 넘었다. 초록

알라모아나 비치를 건너고 붉은 자전거 길을 달렸다. 몸을 기울이며 바람을 타고 나아갔다. 파도가 부서지는 소리, 서로의 웃음소리, 멀리서 들리는 사람들의 말소리가 바다 위로 퍼져갔다.

달리면서도 나는 하나의 손에 쥔 망고를 흘깃 보았다. 잘 익어 반질거리는 윤기 흐르는 과일, 마치 우리의 여름을 가득 품고 있는 듯한 오묘한 색이었다.

"잘 들고 있네."

"깨지지 않게 조심스레 간직했어. 그날 생각나지? 망고가 깨진 날."

"맞아. 한 번 터지면 되돌릴 수 없음을 알았어."

"깨질까 두려워하며 조심스레 간직해야 한다는 것을 이제 알겠어."

"우리의 사랑도."

"하지만 사랑은 깨지는 게 아니라, 흐르고 퍼지는 것 같아."

"영원히 사라지지 않을 기억처럼 말이지."

불타던 해가 바닷속으로 급하게 빠져들고 있었다. 태양이 물속으로 풍덩 떨어지더니 하늘은 붉고 푸른 빛이 뒤섞였다. 우리는 오묘한 빛에 싸인 망고를 한참이나 바라보았다. 사랑처럼 조심스레 간직했던 망고.

"기억은 붙잡는 게 아니라, 흐르게 두는 것이래."

내 말을 들은 순간, 그 애는 망고를 바다 멀리 던졌다. 둥근 열매가 허공을 가르며 날아올랐다가 툭- 하고 파도 위로 떨어졌다. 파도를 타고 둥둥 떠다니다 주홍빛 물비늘 속으로 녹아들었다.

우리는 나란히 섰다. 해 질 녘 바닷바람이 얼굴을 스쳤고, 바람 속에서 달콤한 망고 향이 스며들었다. 기분 좋은 서늘함이었다.

"여름이 가네."

"응, 우리의 여름."

우리는 속력을 내며 스케이트보드를 달렸다. 그 여름은 끝난 게 아니었다. 붉은 석양 속에서, 우리 마음속에서, 하얀 파도 속에서 여전히 출렁이고 있었다.

가지게 되었으니 우리의 소망이 이루어진 거지.

말이 씨 된다고 해리포터는 탐정소설 작가가 되었고, 아키라는 초등학교 선생님이 되었대. 아티프는 어릴 적 신문 배달이 좋았나 봐. 열심히 공부해 하와이 신문사의 수습 기자가 되었어. 가족을 하와이에 초청해 수단에서 부모님이 오실 거래. 더 반가운 건 아티프가 곧 한국에 파견 나오게 되었단 거다. 난 그날을 손꼽아 기다리고 있지.

그때 아티프가 영주권을 빼앗길까 봐, 하나 오빠가 가족과 합류하지 못할까 봐 내가 해리 안경 문제를 뒤집어쓰려 했던 게 생각난다. 하지만 그런 사소한 아이들 사건이 어찌 영주권에 영향을 끼치기나 했겠어. 지금 생각하면 정말 순진한 어린애다운 생각이었지.

덩치 코아는 공항 검색대 직원으로 일하게 되었대. 거구에 엄숙한 표정의 사나이가 공항 검색대에 서 있는 모습을 꼭 보고 싶은데 만나면 정말 반가울 것 같아.

앗, 이 하와이 전통 현악기 우쿨렐레가 궁금하다고? 코아가 자기 이름과 똑같은 '코아'라는 하와이 나무로 만든 악기를 내게 보내 줬어. 그 시절 앙숙이었던 코아랑 얼마 후 베프가 되었거든. 우리 아들이 그 악기로 '알로하오에'를 연주하는 소리를 들으니 당장 하와이에 가고 싶어라.

푸른 구름 하늘 가리고 이별의 날은 왔도다

다시 만날 날을 기대하고 서로 작별하여 떠나리
알로하오에 알로하오에~

하나가 결혼해 미국 중부의 한적한 시골로 갔대. 화가가 되었다지. 좋은 화가가 되었을 거야.

거기에도 망고나무가 있을까?

망고 그림을 그릴까?

망고나무를 보며 나를 생각할까?

아들아,

아빠의 하와이 기억을 모아 만든 시집이 나왔어. 제목은 〈그 여름의 망고〉. 참 아빠스럽지?

너도 언젠가 너만의 여름을 만나게 될 거야. 언젠가는 네 마음 어딘가에 '아, 이게 여름이구나' 싶은 순간이 강렬하게 찾아올 거다. 아빠처럼 책을 쓰지 않아도 돼. 대신 너답게, 네 방식대로 기억 속에 잘 익혀 두면 좋겠다. 망고처럼 조금 느려도, 서툴러도, 단단하고 달콤한 여름을.

프롬 다이내믹 부산(From Dynamic Busan)
아빠 블랙 조